中华先锋人物
故事汇

孙家栋

卫星之父的太空梦

SUN JIADONG
WEIXING ZHI FU DE TAIKONG MENG

吴尔芬　著

党建读物出版社　接力出版社 Publishing House

图书在版编目（CIP）数据

孙家栋：卫星之父的太空梦 / 吴尔芬著 . — 南宁：接力出版社；北京：党建读物出版社，2020.4（2025.8 重印）
（中华人物故事汇 . 中华先锋人物故事汇）
ISBN 978-7-5448-6422-0

Ⅰ. ①孙…　Ⅱ. ①吴…　Ⅲ. ①传记小说－中国－当代
Ⅳ. ① I247.5

中国版本图书馆 CIP 数据核字(2020)第 003041 号

孙家栋——卫星之父的太空梦
吴尔芬　著

责任编辑：张晓辉　唐玲　周琰冰
责任校对：阮萍　贾玲云
装帧设计：严冬　许继云　　美术编辑：高春雷
出版发行：党建读物出版社　　接力出版社
地　　址：北京市西城区西长安街 80 号东楼（邮编：100815）
　　　　　广西南宁市园湖南路 9 号（邮编：530022）
网　　址：http://www.djcb71.com　　http://www.jielibj.com
电　　话：010-65547970/7621
经　　销：新华书店
印　　刷：河北鹏润印刷有限公司
2020 年 4 月第 1 版　　2025 年 8 月第 12 次印刷
787 毫米 ×1092 毫米　32 开本　　5.25 印张　　80 千字
印数：105 001—110 000 册　　定价：20.00 元

目 录

还环绕着许多小小的“天体”，只不过它们是我们人类制造出来，再投放到太空的。这些小“天体”运动起来很像卫星，所以被称为人造卫星，我们平时也经常把它们简称为卫星。

毛主席诗词里，有一句雄浑大气的名句：

坐地日行八万里，巡天遥看一千河。

这句话的意思是说，地球每天都在自转，我们住在上面，每天不知不觉也跟着它在转。因为地球赤道全长约四万公里，也就是八万里，所以我们每天跟着地球转了八万里，顺便把宇宙中的众多星河看了一遍。

卫星其实跟我们人类差不多，每天也在跟着地球转，遨览宇宙星辰。不同的是，有的人造卫星静止在地球上空的轨道上，有的则自己绕着地球转动。

卫星虽然是在我们头顶看不见的地方活动，但它已经渗透到我们生活的方方面面。

举个简单的例子，平常我们想去一个陌生的地方，都会用到导航设备。不管是我们的车载导航仪还是手机里装的导航地图，它们都要依靠导航卫星来为我们定位，再为我们规划路线，指引我们在哪里掉头，在哪里转弯，往哪个方向走。

人造卫星是个大家族，除了我们上面说的导航卫星外，还有通信卫星、气象卫星、侦察卫星、测地卫星、截击卫星等。不同种类的卫星，在各个领域为人类社会做出了巨大的贡献。

可以说，人类把卫星投上天以后，人类历史就向前跨进了一大步。之前，人类的活动范围是从陆地到海洋，从海洋到大气层，而卫星上天后，人类实现了从大气层到太空的突破，视野有了巨大的变化。

卫星对人类社会经济的发展起到了很大作用。卫星位于地球上空几千甚至几万公里的高度，可以传递信息，实现大洋通信。要知道，以前的大洋通信是在海底铺设电缆，不仅成本高，还麻烦。有了卫星，就不用电缆了，还可以进行电视转播。有的卫星一个半小时就绕地球一圈，只要在卫星上装上相机，就能给地球拍照，这是地面上的任何手段都开拓创新的历史。[illegible]这段历史中，[illegible]来，今天让我们就来讲讲中国航天科技事业的杰出代表，我国人造卫星技术和深空探测技术开拓者之一孙家栋院士的故事，让我们跟着他的足迹，去了解中国航天事业的光辉征程。

天事业发展最早的火箭、导弹研究机构——国防部第五研究院急需技术人才。孙家栋没能从事飞机制造，而是带着他留苏期间积累的航空发动机理论知识，进入第五研究院一分院导弹总体设计部，从事导弹研究。

此后的九年里，中国自主研制的导弹武器成功地完成了飞行试验，还成功进行了导弹、原子弹的“两弹结合”飞行试验。孙家栋参与了全部研制工作，从导弹总体设计员，升为总体部副主任。

孙家栋本以为，这辈子都要在中国导弹事业上发挥自己的作用，但命运却在这时候突然拐了个大弯，让他与卫星事业结缘，并成为我国第一颗人造卫星的技术负责人，我国“风云二号”卫星工程、北斗卫星导航系统第一代和第二代工程、月球探测一期工程的总设计师。我国第一颗人造地球卫星、第一颗返回式遥感卫星、第一颗绕月人造卫星、第一颗北斗导航卫星……中国航天史上一个个关键节点，孙家栋都参与其中，他一生参与设计的卫星，达到我国已发射卫星总数的三分之一。因此，孙家栋也被称为中国“卫星之父”。

可以说，孙家栋是我国航天人中最亮的那颗星，他和他参与设计制造的卫星，让全世界感受到中国星光的璀璨。

要说孙家栋与卫星的故事，得从一九六七年七月二十九日说起。

从导弹到卫星的急拐弯

一九六七年七月二十九日，还有三天就是我国的建军节，正是北京一年中最炎热的时候。

盛夏的午后，导弹设计师孙家栋像往常那样，趴在北京南苑的办公桌上绘制导弹工程图。天气酷热，他不时要用搭在脖子上的毛巾擦一下汗。

这时候，门吱呀一声被推开了。

孙家栋抬起头，进来的是一个满脸严肃的陌生人。不等孙家栋开口，来人就自我介绍，说他是中国人民解放军国防科学技术委员会（简称国防科委）的汪永肃参谋。

孙家栋不敢怠慢，立刻请汪永肃落座。

汪永肃却不坐，开门见山说明了来意："为了确保第一颗人造卫星的研制工作顺利进行，中央决定组建中国空间技术研究院，由钱学森任院长。钱学森向聂荣臻元帅推荐了你，根据聂老总的指示，决定调你去负责第一颗人造卫星的总体设计工作。你可愿意去？”

什么？人造卫星？

孙家栋感觉有点绕，从导弹跨越到卫星，这个弯拐得也太急了。但听到是钱学森推荐的，他二话不说就跟着汪永肃离开办公室，坐上了来接他的吉普车。

说起钱学森，那可是享誉世界的中国科学家，正因为他从美国回来，大力发展中国国防科技，才让中国的原子弹和导弹至少提前二十年出现。因此美国海军次长丹·金布尔才说：“无论在哪里，钱学森都值五个师。”

说起来，孙家栋和这位科学巨匠结缘，还是在他从苏联留学回来后。那时，他多次以俄语翻译的身份，跟着中国代表团去苏联谈判，而钱学森就是代表团的团长。钱学森很欣赏孙家栋，认为他做事认真，有想法，潜力巨大，是个人才。

后来，孙家栋被调入钱学森领导的国防部第五研究院，担任导弹总体方案设计师，与钱学森接触更加密切了。

从北京南苑出发，一路向北走了十几公里，来到北京友谊宾馆。

下了车，孙家栋才知道，宾馆北馆现在已成为筹建中的空间技术研究院的临时办公地点，里头已经有领导在等他了。

领导和孙家栋讨论了组建卫星总体部的具体想法，孙家栋总算知道了事情的来龙去脉。

苏联于一九五七年成功发射了第一颗人造卫星，人类的航天历史就此拉开了帷幕。

当时，苏联和美国正在进行冷战。所谓冷战，就是双方不出动军队，但都在想办法搞垮对方。因此，苏联把卫星送上太空后，美国人吃不下睡不着，他们担心苏联人很快就会控制太空。美国有家大报还把苏联卫星上天的日子宣布为“国耻日”。

一九五八年二月一日，美国向太空发射了一颗8.22公斤重的“铁球”——“探险者一号”，这才算是挽回了一点儿面子。

苏联、美国都有卫星在太空转悠，中国怎么办？

要知道，中国可是国际公认的火箭的故乡。

早在明朝初年，就有一个叫陶成道的人，制造了世界上第一艘“宇宙飞船”——一张大座椅，底下装了四十七枚火箭（其实就是在纸筒里填满火药）。

陶成道把自己捆坐在椅子上边，两手各拿一个大风筝，正对着天上的月亮，然后让仆人同时点燃四十七枚火箭。他想先利用火箭产生的推力让椅子上天，然后松开捆绑的绳子，使椅子脱落（就像现代的火箭分级脱落），再利用风筝产生的升力，使自己渐渐升空，像嫦娥那样一路飞到月亮上。

陶成道失败了。不过他的壮举一传十，十传百，被史书记载为“万户飞天”，因为陶成道曾担任过“万户”官职。

陶成道被后人认定是全世界最早的“宇航员”。美国国家航空航天局就将月球上的一座环形山命名为“万户山”，用来纪念陶成道这位人类航天的祖师爷。

中国古人都想方设法要飞天，现代中国人在发射卫星这件事上，自然也不能落后。

但中华人民共和国成立初期，国家一穷二白，并没有足够的国力来发射卫星。直到一九六六年初，中国科学院才正式开始“东方红一号”卫星的总体方案论证和设计。同时，筹建试验室，开展一百多项空间技术课题的研究。

一九六八年，我国正式成立中国空间技术研究院，由钱学森任院长。

钱学森上任后，主持制订了“三星规划”。所谓三星，指的是“东方红一号”卫星、返回式遥感卫星和同步轨道通信卫星。

在钱学森的设想里，我国要在一九七〇年或一九七一年，发射第一颗人造地球卫星，重量要达到100公斤。

可要把这个宏伟的目标变成现实，首先需要有人才，去哪儿找人才呢？

钱学森首先想到的就是孙家栋，孙家栋从事导弹研制工作整整九年，参与、领导了我国第一代战略导弹的研制。这都是研制人造卫星的基础。

可是，那时候孙家栋才三十七岁。这个年纪要领导专家们研制卫星，就显得太年轻了。钱学森想来想去，还是决定大胆起用有真才实学的年轻人，只有这样才能尽快研制出人造卫星。

因此，钱学森做了一回当代“伯乐”，向上级推荐了孙家栋这匹“千里马”。

报告打上去了，钱学森心里却一点儿底都没有，因为他不知道上级会不会批准。

没想到，聂荣臻元帅接到报告立即就批准了。为了快速推进工作，聂元帅直接派汪永肃去接孙家栋，就像老将军在战场调兵遣将一样。

这件事对孙家栋来说是机遇，也是挑战。毕竟，他在研制导弹方面已经做出了杰出的贡献，受到领导和专家们的广泛赞扬和赏识，继续在这条路上走下去，事业会蒸蒸日上，而研制卫星的道路他需要重新摸索。况且，让他从南苑的家里到中国空间技术研究院上班，路途遥远不说，以后家里的事都要交给妻子魏素萍，他将会因为工作，难以对家庭付出更多。

但是，让中国卫星上天的使命感压倒了一切，何况还有钱学森的赏识，孙家栋想都没想，正式接受了这份沉甸甸的托付。当年，他一天内从学校入伍，这次他同样是一天内，从熟悉的导弹设计岗位转入卫星设计岗位，挑起了研制中国第一颗人造卫星的重担。

可是，卫星是当时国际最高水平的科技，中国没有这方面的资料，也没有任何经验和相应的专家，如何在一穷二白中造出自己的“星星”呢？

像是一颗自转的卫星

一九六七年，对于刚被任命为卫星总体设计负责人的孙家栋来说，是充满激情而又备感迷惘的一年，他每时每刻都感到肩头沉重无比。

自从美苏发射了卫星以后，每个中国人都盼望着我们的卫星也能早日上天。

这种渴望表现在日常的方方面面，比如，人们把火箭和航天器的形象画到玩具、文具和宣传画上。

那时的中国人信心满满，觉得导弹、原子弹、氢弹我们都会造了，往天上发射一颗卫星还不简单？

“卫星尽快上天”成为全国人民的迫切希望。

而当时，国际上的变化也在倒逼着我国尽快送卫星上天——在一九六五年，法国也把一颗卫星送上天，成为第三个发射卫星的国家。一海之隔的日本也在暗中使劲，要和中国争做第四个航天大国。

但当时的中国没几个人能说清：什么叫卫星，一颗人造卫星怎么设计更合理；怎么将卫星制造出来；怎么做试验，怎么发射到太空；卫星发射到太空以后，怎么平稳运行；运行任务完成以后，怎么返回地球；卫星在太空那么远，怎么控制；卫星上的设备和信号怎么管理；卫星收集到的信息和拍摄的照片怎么使用。

一颗卫星的制造，涉及航天动力学、火箭结构分析、航天器结构分析、航天热物理学、火箭推进原理、燃烧学、航天材料学等多方面的知识。

作为空间技术研究院的卫星总体设计负责人，孙家栋的任务就是要有计划、有步骤、有组织地领导各学科专家，把所有力量凝聚在一起，共同研制中国卫星。

这是一个体量庞大而且事务烦琐的工程。任务重，时间却很紧。

当时的中国航天事业在钱学森的带领下，火箭研制、发射技术已经取得一定成就，对空间科学技术也有了一定的研究，试验设备上也攻克了一系列难关，但在研制人造卫星方面还是一片空白。这是因为我们没有任何经验可以借鉴。

孙家栋决定组建一支实力过硬的骨干设计队伍，经过综合考虑，他向钱学森提出：从其他研究院抽调精干人员，充实卫星设计队伍。这样既能解决骨干技术人员不足的问题，还可以将一些原本就有的卫星研制课题，落到卫星研制工程的实处。

钱学森非常认同这个提议，立刻就批准了，还让孙家栋着手准备一份抽调人员的名单。

这看起来是件小事，其实可不是闹着玩的。毕竟，人才选不好，会影响整个卫星研制工作，甚至还会损害国家的利益。

孙家栋不敢掉以轻心，为了选到最合适的人才，也为了不漏选优秀人才，他足足花了两个月，跑了几十个单位，实地考查和挑选理想的人才。最终，共有十八名干将被孙家栋列入名单中。他们分别是戚发轫、沈振金、韦德森、张福田、彭成荣、尹昌隆、朱福荣、孔祥才、王壮、杨长庚、王大礼、张荣远、刘泽光、郑忠琪、林殷定、鲁力、王一方、洪玉林。

这些人都具有很高的专业水准和很强的技术特长。钱学森对孙家栋拟定的这份名单很满意，他立刻上报聂荣臻元帅，很快就获得了批准。

这十八位出类拔萃的人才，也不负孙家栋所望，在后来的科研工作中，他们团结奋斗，一起为中国航天事业竭尽所能。因为贡献突出，这十八人后来还被亲切地称为“航天十八勇士”。

在组建人才队伍的同时，孙家栋也在拼命恶补卫星知识。

当时的中国太穷了，卫星方面的知识很匮乏，孙家栋只能想办法找文献，学知识。为了获得卫星最基础的知识，他甚至向曾经到苏联留过学的年轻技术员王渊借过一本“薄薄的有关无线电的书”。同时，他还设法从国外公开发表的概念性文章中获取信息。

早在一九六五年，就召开过中国第一颗人造卫星方案论证会，国家和军队最高级别的十三个研究所的一百二十名领导和专业人员参加了这次会议。

在长达四十二天的会议里，中国空间技术的开拓者之一钱骥，针对卫星的本体设计问题做了总结讲话，并提出三百多项有关人造卫星的研究课题，为中国第一颗人造卫星的诞生打下了基础。

孙家栋上任后，便一个个去拜访那些参与卫星研究课题的专家，向他们取经。

钱骥听说孙家栋要研制卫星，非常高兴地把有关卫星的构想和他所掌握的全部情况都告诉了孙家栋。

这次见面，让孙家栋豁然开朗，很多不明白的环节都被打通了。

在学习理论知识的同时，孙家栋也开始检验理论的正确性。他一上任就建设了一个试验罐——等卫星造好之后，就可以把卫星放进罐中，在里头模仿真空、加热、加冷等太空环境，测验卫星在太空中的承受力。

……

就这样，接过卫星研制重担以来，孙家栋感觉自己像一颗自转的卫星，每天忙得团团转，连回家都是奢侈的事。

一九六七年十二月的一天，忙了好几天没回家的孙家栋突然接到一个电话。电话那头是一个女护士，她在电话里着急地说：“孙主任呀，您干什么嘛！这儿给您生了个大胖女儿，您都不回来看看？”

孙家栋打了个激灵，突然想起来，妻子的预产期已经过了几天。

原来，几天前女儿魏红在深夜降生，但妻子知道孙家栋忙，没有让人通知他。

看到孙家栋几天没有出现，医院里的女护士急了，忍不住给他打电话。

孙家栋的一颗心顿时飞了起来，他恨不得飞到医院里，但手头的工作千头万绪，根本不允许他离开。他只能压抑内心的激动和兴奋，继续忙碌个不停。

直到晚上九点多，孙家栋才终于抽出时间，赶去了医院。但匆匆看了女儿一眼后，他对妻子说道：“我回去了，那边的事太急……”

就这样，几分钟后，孙家栋又从医院赶回研

究院。

他一刻都不敢耽搁，因为按照第一颗卫星的发射计划，留给他的时间已经不多了。

万里长征第一步

在孙家栋像陀螺一样忙碌的日子里，卫星的总体设计工作被提上了日程。

作为卫星技术总负责人，孙家栋首先就面临一个重大的问题：中国第一颗卫星应该长成啥样?

早在之前的方案论证会上，就决定将我国第一颗卫星命名为“东方红一号”，功能是科学探测性质的试验卫星，发射时间定在一九七〇年。

在原有方案里，“东方红一号”的任务，是要为后面发射的观测、通信、广播、气象、预警等各类应用卫星，提前获取各种基本经验和设计数据。

如果说将来要发射的众多应用卫星像一支部队，那么在方案论证会上设想的第一颗卫星就是个侦察兵。

但孙家栋主持了一次次的讨论会、研讨会后，认为之前确定的方案不符合现实，因为探测卫星涉及的内容太多，以当时的实际情况，很难百分之百保证它发射成功。

比如，探测卫星上需要用到的各种仪器只能由不同的单位研制。每个单位的进度不一样，有部分仪器甚至还没开始研制。

孙家栋认为，照这个进度，卫星是绝对无法在一九七〇年上天的。

因此，孙家栋简化了原定的方案，认为我国第一颗卫星，首要任务是保证它能发射成功，功能可以尽量简化。至于科学探测功能，完全可以通过后面发射的卫星慢慢实现。但孙家栋的方案一提出来，就遭到很多人反对。

反对者认为，如果卫星不搭载探测系统，那就是个“铁疙瘩”，还叫什么卫星？

虽然苏联和美国发射的第一颗卫星其实也就是一大一小两个“铁球”，没有什么探测功能，但反对者的意见还是很坚决。

孙家栋毕竟还年轻，又没有研制卫星的经验，在汹涌的反对声里，他承受了巨大的压力。

从科学的角度说，当时的反对理由都没错。卫星如果没有探测功能，确实跟太空里的一块石头没两样。

但作为总负责人，孙家栋更了解当时情况的紧急。

一九六七年，美国的“土星5号”完成首次飞行，为“阿波罗号”载人绕月飞行做准备；苏联完成了N-1运载火箭的设计工作，连登月舱都做好了。美苏都抢着登月，中国如果不能在一九七〇年发射卫星，那就落后人家太多了。

因此，孙家栋坚持自己的意见。他在会议上说：“第一颗卫星最主要的目的就是向全世界宣布，中国也掌握了航天技术。更多的科学目标，可以让下一颗卫星实现。这样，卫星里面的仪器，可以尽量简化。”

但反对的声音仍不绝于耳。

在双方观点胶着的时候，钱学森站出来支持孙家栋。

在孙家栋的卫星研制简化方案出来之前，钱学森是支持原有方案的，但看了孙家栋的方案后，钱学森也意识到，以当时的国力，简化方案更安全，也更可行，因此，他选择支持简化方案。

为了支持孙家栋，每一次讨论会钱学森都来参加，为年轻的孙家栋压阵。

在钱学森的支持下，孙家栋不断深入论证，反复研究。最终，孙家栋说服了大家，为了确保能在一九七〇年发射我国第一颗卫星，卫星功能可以大量简化。

后来，孙家栋说："航天人开会就是这样，充分发挥民主，就算有人发言的形式激烈一些，也有充分表达自己意见的权利。但当大部分人达成共识以后，大家就会按一个意见去办。之前反对这个意见的人也会积极配合，共同朝着一个目标使劲。"

因为航天工程是系统工程，它有个显著的特点，那就是需要"大力协同"，所以，既要有民主讨论，也要有集体精神。方案再好，如果只能实现百分之九十九，大家也必须为了那没法实现的百分之一，选择放弃，去做百分之百能完成的事。

孙家栋

孙家栋的简化方案上报到聂荣臻元帅那里后，聂元帅做出了指示："尽量简单，尽快上天，达到基本目的，掌握技术。"

孙家栋立刻根据简化方案，重新制定"东方红一号"卫星的研制任务。

最后确定，"东方红一号"卫星由结构、热控、电源、短波遥测、跟踪、无线电、音乐装置、姿态测量部件组成，重173公斤，直径1米，外形是近似圆球的七十二面体，采用自旋稳定方式在太空运行。

从参数来看，这颗卫星的设计标准已经超过了苏、美、法第一颗卫星的技术水平，重量比这三个国家的第一颗卫星加起来还重，而且还增加了独有的音乐系统。

方案定下来了，但因为中国从未发射过卫星，谁也无法确定这个方案是否正确。

孙家栋没办法，亲自找到刘华清上将，恳切地说："您懂也得管，不懂也得管。你们定了，拍个板，我们就可以往前走。"

刘华清敢作敢当，批准了这个方案。

方案是批准了，但在孙家栋看来，第一颗卫星要实现真正意义上的发射成功，必须做到以下四点。

第一，卫星要“上得去”，只有上了太空才叫卫星，上不了太空只能叫“铁疙瘩”。

第二，卫星上去后要“抓得住”，也就是说，卫星进入轨道后，地面跟踪系统要能时刻掌握卫星的动向，获得相关数据。跟不上的卫星就变成了太空垃圾。

第三，卫星跟得上了，还要能“听得到”，也就是要把地面系统获得的信号转变成语音，让地面上的人都能听到卫星的声音。

最后，卫星除了“听得到”，还要“看得见”。

这四点中，第三点、第四点可难倒孙家栋了。

作为中国第一颗卫星，“东方红一号”当然要让全国人民听到最好听的声音，可什么声音最好听呢?

孙家栋想了很久，决定用当时全国人民最爱唱的《东方红》。想到世界的每个角落都能收到“东方红一号”上传回的《东方红》乐曲，孙家栋就心潮澎湃。

“听得到”解决了，“看得见”成为最难的一道题。

卫星可是要在几百公里以上的高空运行，体积又小，肉眼根本看不到，可孙家栋却执着地认为，中国的第一颗卫星就要让全国人民用肉眼能观察到！

孙家栋向专家们广泛征求办法。

专家们的办法各种各样。有的提出，可以借鉴苏联之前的经验，把末级火箭抛光，卫星发射后，让末级火箭跟着在太空飞行，地面上的人看到末级火箭的光芒，就会以为那是“东方红一号”。但“东方红一号”用到的第三级火箭实际上很小，抛光了也看不见。

有专家认为可以在卫星的外壳上镀一层金属，让它闪闪发光。但卫星的直径只有1米，放到几百公里外，怎么发光也看不到。

还有专家建议把卫星做大，但哪里去找那么大的火箭送它上天呢？

这时，有人突发奇想，提议在第三级火箭上设置一个“观测裙”，到太空后跟卫星天线一起打开。观测裙可以用韧性好的材料，根据计算，它在太空展开时，可以让卫星变成一个面积达40多平方米的亮球，有一间教室那么大，足以让人在地面用肉眼看到。

孙家栋觉得这是个好主意，就找相关专家确认这样行不行。经过专家测算，正常卫星在空间运行时亮度相当于5—8星等，末级火箭的亮度相当于4—7星等。如果加上观测裙，可使末级火箭亮度提高到相当于2—3星等。

所谓星等，是天文学上用来表示星星明暗程度的一种单位。星等的数值越小，说明星星越亮。星等每差1等，星的亮度就差2.512倍。

所以，观测裙可以让卫星的亮度增加很多倍。这个结论让孙家栋开心极了，他立即把“上得去，抓得住，听得到，看得见”写成报告递交上去。

中央随后批准了，这十二个字也就变成指导卫星发射的总体大纲。

这样，中国第一颗人造卫星的方案、工程概念和发射大纲都有了。最后审定：卫星用“长征一号”运载火箭送入轨道，卫星与运载火箭分离入轨后，末级火箭跟着卫星在空间运行。

万里长征终于踏出第一步，但如何把纸上方案变成现实，成为摆在孙家栋面前更大的考验。

大力协同是门大学问

一颗卫星要想成功发射，必须做好运载火箭、卫星本体、发射场、测控系统、应用系统等五大系统。

其中，单是卫星本体，就包含结构、温控、能源、跟踪、遥测、天线、科学探测、遥控、姿态测量及控制等九大系统。

每个系统用到的部件、元器件多到难以计算，所涉及的工序、工作量极其惊人。要确保卫星万无一失地发射，要求每个系统都必须做到毫厘不差。

中国的第一颗卫星代表着当时中国最高端的科技。这要求孙家栋得有强大的掌控力，能总体协调，促进各个系统大力协同，统一步调向前走。

孙家栋是这样形容总体协调和统一步调的：“千百个人从不同的地方赶向候车点，八点钟开车，大家七点三十分就要集合好，因为在通往终点的路上，还要把交通堵塞、汽车加油的时间考虑进去。只有每个人都遵守时间规定，接受集体的约束，提前来候车，才能及时、顺利地到达目的地。”

发射卫星也是这个道理。确定一九七〇年初发射，那么一九六九年底就要完成每一个系统研制，这样，才能给协调组装留下足够的时间。

虽然孙家栋把卫星研制方案简化了，但并不代表方案里的设想都能实现。

因为，如果卫星研制的众多系统中，有一个未能按时完成，就会严重影响卫星的发射时间。

为了让各个系统大力协同，实现整体最优，孙家栋发挥了总体协调的作用，他为各个系统的各个部件制定了明确的技术指标，并给各系统之间制定了包括重量、尺寸、功耗等在内的协调指标。只要各系统的各部件技术指标和协调指标都一致了，就不用担心会出现系统之间部件大小、型号不兼容的情况。

但因为没有成功经验可以借鉴，有些指标制定得并不合理。这让一些系统的负责人只接受技术指标，不接受协调指标。他们认为重量、尺寸都不属于技术问题。

“我的仪器都还没研制出来，怎么会知道符合不符合你的指标？按照你的协调指标做，我怎么保证我的技术指标？”

“你不要讲什么协调指标，你不了解我搞的东西有多难，你还要求多大多小，到底是你懂还是我懂？”

“我现在都还不知道搞出来的是什么样子，就要受你的限制？你的尺寸、重量、功耗要保证我的需要！”

……

各种尖锐的反驳声，每天都在孙家栋耳边响起。

换作别人，早就被呛得发火了，但孙家栋知道，大力协同是航天事业成败的关键，因此他以难能可贵的耐心和智慧，不断去协调各系统工作。

比如，各系统为了给自己留有回旋空间，都会尽量多地申请功耗指标。其中，应答机组争取到了10瓦的电耗指标，但等机器研制出来后，实际用电量只有8瓦。这时候，整体温控中的散热系统已经形成，如果少2瓦电能，温度就会变低。随着时间的推移，温度还会越来越低，最终影响卫星整体。

这样一来，温控系统就不干了，要求应答机组增加功耗，但应答机组却说机器已经做好，不能再改。

于是，问题就摆到孙家栋面前。

孙家栋很为难，因为工程进展摆在那儿，这两个系统都没时间再做修改了。

不过，孙家栋很快就用自己的智慧找到了协调的办法，那就是给应答机加上2瓦的电阻。这样，问题就简单地解决了，两个系统间的争论也结束了。

在协调各个系统过程中，孙家栋遇到的最大难题是卫星本体与运载火箭的协调。

在卫星简化方案制定出来后，孙家栋就把卫星本体的九大系统重量指标都使劲压缩，但最终还是超出当时火箭的载重负荷。

孙家栋跑去找火箭研究系统的老同事商量对策，让他们帮忙增加火箭推力，深入挖掘火箭的运载潜力。

最终，花费了巨大的精力，孙家栋总算让火箭的运力大到足够把卫星送上天。

除了协调各系统间的指标问题，孙家栋还要帮各个系统解决自身工作中的实际难题。

当时，卫星某一批部件由北京某工厂生产，但那家工厂停产了。眼看工期一天天拖下去，将要严重影响卫星发射的时间，孙家栋坐不住了，他找到工厂里的生产科科长想办法。科长带着孙家栋的嘱托，跑到每个技术工人家中，宣传发射人造卫星的重要意义，并请技术工人帮忙做事。

工人们听到是为发射人造卫星工作，很兴奋，都踊跃帮忙。

就这样，孙家栋硬是让这批不可能完成的卫星部件，保质保量地按期完成了。

“东方红一号”卫星制造出来后，在模拟试验阶段，每次卫星高速旋转时，都会把上面收缩的四根拉杆天线展开。每次展开过程中，最后一节天线总是折断被甩出去。前后做了十几次试验，天线都没有成功展开。

孙家栋不得不与天线组反复试验，不断思考。他认为，天线释放和展开的运动方式很复杂，在地面做试验，要考虑重力的影响，而太空是失重环境，情况不一样。

在他的启发下，天线组进一步试验，发现天线设计不合理，与卫星自旋的实际运动不一致。孙家栋立即让他们修改天线结构，再做试验，这次终于成功了。

各系统类似的问题不断，孙家栋必须参与其中去协调，设法解决问题。

第三级火箭上的“观测裙”做出来后重量一直超过允许值，需要孙家栋去协调解决；

《东方红》音乐装置不是出现乐音错乱，就是变调，需要孙家栋去协调解决；

仪器舱罩的镀金总是不匀、金属内出现气泡、焊缝处出现气泡等问题，需要孙家栋去协调解决；

卫星的温度贮存试验、地面调温试验、电子仪器的辐射试验、星地测控系统联合试验、发射场合练试验等，都需要孙家栋去协调解决。

……

在这场大型“战役”中，总负责人孙家栋要时刻面对不断冒出的问题，整天都要参与各种研讨会、评审会、总结会。

忙碌个不停的他，像一条线，把每颗珍珠穿起来，形成最璀璨的科技项链。

在孙家栋的带领下，中国航天人大力协同，奇迹般地制造出“东方红一号”卫星，在规定的时间把它送上发射架。

发射卫星是一场大考，从没有这方面经验的孙家栋，能带领中国航天人成功创造新的奇迹吗?

让世界听到《东方红》

中国第一颗卫星共有五颗正样星。其中第一颗作为检验星，用来进行各种环境模拟试验。

一九六九年九月，模拟试验圆满结束，星上各分系统试验结果都比较理想，少数问题也都妥善解决了。

在进行模拟试验的同时，孙家栋也在着手推动酒泉卫星发射中心进行运载火箭的测试。

但测试过程并不顺利。第一次测试时，火箭在垂直测试阶段，陀螺仪突然“失明”。排查故障花费了二十多天。而一九六九年十一月进行第二次发射试验，又以失败告终。

连续的失败给很多人心头蒙上一层阴云。孙家栋内心也很焦急，但他知道，这个时候焦急是没有用的，只有从哪里跌倒了从哪里爬起来，才能最终奔向成功。他不断鼓励发射场的同志，继续推进火箭发射试验。

两个半月后，第三次火箭发射试验终于成功了，两级火箭在高空成功分离，还精确地击中了目标。

一九七〇年二月，酒泉卫星发射基地收到了准备发射“东方红一号”的命令。

孙家栋满怀激情，几年的艰辛付出终于等来了收获的季节。他日夜不停地奔走在各大系统之间，督促大家做好发射前的准备。

一九七〇年四月一日，装载着“东方红一号”卫星和“长征一号”火箭的专列，缓缓驶入酒泉卫星发射基地。

卫星发射，正式进入日程。

但这时候，孙家栋却被调到北京的总指挥部，因为这里需要一位熟知卫星技术的人，好及时向上级领导解释前方发来的情报。

在指挥部，孙家栋成为一部卫星技术问题的

“活字典”。他频繁地接到前方打来的电话，虽然没有在发射现场，但孙家栋对现场情况了如指掌。

但不在现场有个坏处，就是无法实时了解情况。这对孙家栋来说有时候是一种煎熬，因为没在一线就无法亲自去解决问题。得知出了问题后，他在后方能做的事情有限，这让他很焦急。

四月十九日，前方突然传来消息，说卫星在综合测试中，超短波信标机的主载波功率突然下降，谐波功率增大。

孙家栋不由得紧张起来，如果查不出这个故障的原因，将会影响地面的跟踪。发射的日子已经临近，出现这样的问题可不妙。

当前方不分昼夜地排查问题时，孙家栋在北京也是坐立不安，茶饭不思，每隔一段时间，就联系前方询问情况。

好在故障原因还是排查出来了，孙家栋第一时间接到消息，长长地松了口气。

经过这次故障后，火箭和卫星各方面指标都很正常，发射时间确定为一九七〇年四月二十四日晚二十一时。

孙家栋感到自己的身体也像火箭一样加满了燃料，他高兴得想飞起来，但心里又隐隐有些不安，担心会有新问题出现。

怕什么就来什么！

四月二十四日上午，前方技术人员突然发现，地面的一台跟踪雷达出现了不稳定状况，续波测量不能同步。

孙家栋的心又一次提到嗓子眼儿。还好，这次没紧张多久，他便接到报平安的电话——故障被快速排除了。

但孙家栋的内心仍是忐忑的。卫星达到“上得去，抓得住，听得到，看得见”状态之前，任何细节上的失误，都可能导致无法预料的大灾难，他实在不敢掉以轻心。

到了二十四日晚上十九时，孙家栋又一次给前方打电话，得到的消息是一切正常。

孙家栋松了口气，这对他来说，就是最好的消息了。但心还没放下来，晚上二十时多前方便传来一个糟糕的消息：卫星上的应答机竟然对地面的信号没有反应。

孙家栋的心猛然揪紧了，这可是一个重大的故障！如果不尽快排除，会影响卫星上天后跟踪测量的精度和运行轨道预报的准确性。

在这样的情况下，卫星发射不得不延后半小时。

在前方紧张排查故障的时候，身在北京的孙家栋像被放到火上烤一样。他脑筋一刻不停地在思索着，到底哪里出了问题？如果是地面系统出问题，那还比较好办，要是问题出在卫星上，那就得拆开卫星来检查，这就意味着很可能无法准时发射。

根据前方消息，发射区的云层正在变得浓密。好消息是，气象部门预报，到了晚上二十一时左右，发射场上空的云层应该会裂开一个“窗口”，那将有利于发射。

但如果故障没有及时排除，卫星发射就会错过这个“窗口”。

至于下一次什么时候发射，那就不得而知了。

时间一分一秒地流逝，离二十一时越来越近，前方还是没有好消息传来，孙家栋的心情也越来越沉重。

这个时候，每一秒都过得很艰难，他感到有什么重物压在他的胸口，让他喘不过气来。而他的耳朵始终机警地立着，盼望着前方能有好消息传来。

直到二十时三十分左右，电话才响起。孙家栋急忙接了起来，听完不由得长长地舒了一口气。

前方终于把故障排除，原来是地面设备上的一个小接头松动了。

指挥部立即向各点号、各台站下达了“三十分钟准备”的命令。

孙家栋的心又一次高高悬起，再过三十分钟就是真正的大考，这是他的大考，也是中国航天的大考。考试的结果，直接关系到中华人民共和国第一颗卫星能否顺利升空，关系到中国能否跻身航天大国行列，关系到中国在国际社会的声誉。

时间越是临近，孙家栋的心提得越高，让他有种要窒息的感觉。

他只希望，一切都顺利，不要再出一点儿差错。

但这个时候，电话再次响起来。在这紧要关头，湖南新化卫星观测站的一台单脉冲雷达的电子管竟然损坏，请求给予四十分钟来调整。

发射时间不得不延迟到晚上二十一时三十五分。

到这个时候，孙家栋内心反而平静了一些，他继续守在电话前，时刻关注着前方的情况。

十分、十五分、二十分……

发射时间不断逼近。孙家栋终于等到一个好消息：发射场上空的云层，真像气象部门预报的那样，开始裂开一个“窗口”，而且“窗口”越开越大。

这真是一个好兆头！

晚上二十一时三十五分终于来临了！

随着一声“点火”口令的发出，大地震动，发射场上蓄势已久的火箭，喷着橘红色的火焰，挣脱巨大的发射架，冉冉向上升起，几十米长的火焰绚丽无比。

火箭越飞越快，穿过云层间的“窗口”，奔向星光闪烁的夜幕。

发射场上顿时一片沸腾，而指挥部在收到各方测控台传来的“飞行正常”报告后，压抑已久的人们，终于也欢呼起来了。

孙家栋激动无比，但他的心还不敢放下来。火箭升空是卫星发射成功的前提，但并不代表着卫星就发射成功了。

判断是否真的成功，还得看各个观测站传来的数据。

二十一时四十八分，现场指挥所的广播激动地报道："星箭分离，卫星入轨。"

二十一时五十分，国家广播事业局报告："收到了卫星播送的《东方红》乐曲，乐音清晰洪亮。"

二十二时整，国防科委指挥所确定：运载火箭一、二、三级工作正常，卫星与火箭分离正常，卫星已进入轨道！

……

潮水般的消息传入耳中，孙家栋的眼窝不由得潮湿了。他带领中国航天人，筚路蓝缕，苦心研制的第一颗卫星，终于发射成功了！

让世界的每个角落，都能收到"东方红一号"传回的《东方红》乐曲，终于不再是个梦想！

但孙家栋现在还没时间庆祝，因为卫星发射成功后，我国要对外发布公报。公报里涉及的许多专业术语需要孙家栋负责把关。

这个天大的喜讯，中国直到二十五日晚上才对外宣布。原因是为了确保对外公布的卫星轨道参数准确无误，孙家栋带人又做了一番细致的验证和核对。这体现了中国作为一个负责任大国的风范。

喜讯迅速传遍大江南北，全国上下顿时沸腾了，国际社会也纷纷发来贺电。这标志着我国成为世界上第五个拥有卫星发射能力的国家。

但对孙家栋来说，这只是他研制卫星履历上的一个逗号，他辉煌的卫星事业其实才刚刚开始。

等待他的困难，也将越来越多。

失踪的“实践一号”

“东方红一号”发射成功后不到一年，我国便又发射了第二颗卫星。

这是一颗科学探测卫星，它的总技术负责人依旧是孙家栋。

我们前面说过，按原定方案，“东方红一号”是一颗具有空间探测功能的应用卫星。但孙家栋上任后，认为发射它的难度很大，所以制定了卫星简化方案。

这还没过一年，孙家栋怎么就能把复杂的科学探测卫星给送上天呢？

这事还得从一九六八年说起。

早在“东方红一号”研制期间，孙家栋就提出一个大胆的设想——第一颗人造卫星发射成功后，多余的备份星能否改装成第二颗卫星？

毕竟，为第一颗卫星设计的仪器和部件，有一部分是可以通用的。像“球形七十二面体”，可以按原来的设计贴上太阳能电池片。电池片吸收了太阳能，就能长期供电了。还有一些经过检验的仪器、部件，也可以原封不动地保留，这可以省去重复试验的成本和时间。

孙家栋把这一想法通俗地称为“坐公共汽车”，它能使“东方红一号”的备份星发挥更大价值。

“东方红一号”发射成功后，剩下的四颗备用卫星，一颗给了航天博物馆，一颗给上海做科技展览之用，一颗留给了总装厂作为成功的尖端科技图腾，最后一颗，就被孙家栋用来作为研制第二颗卫星的“公共汽车”。

孙家栋把第二颗卫星定位为科学探测卫星。

科学探测卫星能在太空中进行各种空间科学探测，让人类更好地认识自然界，了解宇宙空间的各种自然现象，还能给人造卫星和其他航天器的研制带来很大帮助，对我国来说意义深远。

但要进行科学探测，首先卫星使用寿命要比较长。只有寿命长的卫星，才能持续开展科学探测，得到的结果也会比较客观。

卫星寿命要长，关键是得拥有长寿命的供电系统。因此，孙家栋把长寿命电源供应系统试验作为第二颗卫星研制的主要任务。

一九七〇年五月，在空间技术研究院现场会议上，孙家栋按照“综合利用、一次试验、全面收效”的思路，提出了第二颗卫星的总体方案，并把该星命名为“实践一号”。

同年八月，中央批准了研制“实践一号”卫星的报告。

中国第二颗卫星将要转入空间物理探测的消息一传出去，国外的航天同行都觉得不可思议。虽然“东方红一号”发射成功了，但“实践一号”可是要在天上实实在在进行科学探测，那难度可不知道要增加多少！

很多人觉得中国航天人步子迈得太大了。

在外界议论纷纷的时候，孙家栋已经带领队伍向困难发起了冲锋。他们以备份星为基础，开始制定“实践一号”的总体研制方案。

备份星被改装成一颗结构星，结构主受力部件也做了相应的改进，整体结构性能得到很大的改善。

卫星基本成形后，却在试验中发现舱内温度偏低。这时长期温控系统已经全部完成，要做出整改太难了。孙家栋灵机一动，何不在卫星上加两个“金耳朵”？黄金具有吸收热量多、挥发热量少的特性。这两个“金耳朵”能在球体外吸收太阳热量，再输入仪器舱内，提升舱内温度。这种用自然属性解决难题的做法，在全世界属于首例。

各种探测和应用设备的试验都成功后，“实践一号”进入初样星的研制过程。

在这个过程中，困难开始一个又一个找上门来。

千头万绪等着孙家栋去梳理，重重关卡等着孙家栋去突破。

虽然有研制第一颗卫星积累的大量经验，孙家栋还是不知道费了多少心血，才把问题一一解决。

还好，“实践一号”的初样星，也在这个过程中逐渐成形了。

这颗卫星重221公斤，主体直径约1米，由结构、天线、跟踪、电源、遥测、热控等六个系统和空间科学探测仪器组成。

这可是非常了不起的进步，毕竟苏联的第一颗卫星才83.6公斤，“实践一号”的重量差不多是它的三倍；美国的第一颗卫星才8.22公斤，不到“实践一号”重量的十分之一。

随后，孙家栋开始准备“实践一号”的发射测试。

但这时候，他却差一点丢了性命。

一九七一年一月二十四日，孙家栋与八名中国航天科学家一起去检查发射前的准备工作。因为天冷，结冰的路面非常光滑，载着十个人的大吉普车一头栽进深深的河沟里。

幸好当时河沟里的冰层很厚，这一车航天专家才幸免于难。

大难不死的孙家栋似乎更明白生命存在的意义了。他更加卖力地工作，把发射场当作人生的战场，每天总是穿着一件军大衣，在卫星城穿梭。

白天，他穿着这件大衣搞试验；晚上，他把这件大衣当作被子。这件曾经面料光鲜的漂亮大衣，在长久的磨损后变得十分老旧，棉絮里还积满了大戈壁的沙尘。孙家栋感觉它越穿越重，就像他肩头的担子，也是越挑越重。

度过了不知多少个忙碌而无眠的夜晚，凝结着孙家栋心血的“实践一号”，终于在一九七一年三月三日的深夜，随着呼啸的火箭，直冲向布满星光的夜空。

站在隆隆震动的大地上，仰望火箭的尾迹，孙家栋既疲惫又欣慰。

卫星发射很成功，但随后的情况却给孙家栋当头一棒：全国各地的遥测站竟然都没接收到“实践一号”发出的遥测信号。

“实践一号”像月球那样绕着地球转，第二天上午，它再次进入我国上空，但依旧没有任何信号传回。

此后几天，情况越来越让孙家栋揪心，“实践一号”好像在太空睡着了，无论地面怎么呼叫，它都没有反应。

“实践一号”跟“东方红一号”不同，它是科学探测卫星，只是成功进入预定的空间轨道还不够，它必须能跟地面系统建立联系，把探测到的情况传回来，才算是成功完成任务。否则，它就等于是一个绕着地球转的大铁疙瘩。

发达国家的侦测机构很快发现了这颗哑巴卫星，各种猜测和嘲讽接踵而来。他们幸灾乐祸地说：“瞧，中国就是不自量力，才第二颗卫星，就想发射科学探测卫星，不失败才怪。”

类似的新闻报道让本来心里就着急的孙家栋压力更大了，他几天几夜吃不好、睡不着，日夜守在设备前监听，努力搜索着来自太空的各种信号，只希望能听到“实践一号”传来的一点点动静。

但“实践一号”依旧沉默，几天来它不断经过中国上空，却始终没有向地面系统发来任何信号。

失望和沮丧爬上孙家栋的心头。那几天对他来说是人生至暗时刻。

就在孙家栋快绝望的时候，三月十一日，嘈杂的信号群中，突然有个熟悉的声音传入孙家栋耳朵里。

孙家栋打了个激灵，他有点不敢相信自己的耳朵。

是遥测信号！

孙家栋扑到接收机前，竖起耳朵，不敢漏过任何声音。

遥测信号越来越强，越来越清晰，它就像世界上最美妙的乐章，拨动着孙家栋的心弦。

沉默了整整一周的“实践一号”终于发出信号了。孙家栋激动得想大叫，身后突然传来阵阵欢呼声，原来其他监听人员也收到了“实践一号”的信号，所有人都高兴坏了，有的同事更是抱在一起，热泪盈眶。

“实践一号”这个走丢的孩子，奇迹般地回到中国航天人的怀抱。

不久，全国各地的监听单位都传来收到“实践一号”清晰信号的报告。

三月二十日，天文台观测到“实践一号”卫星和末级运载火箭分离的画面。

孙家栋带领大家根据众多情报和数据认真分析了一番，认为“实践一号”沉默一周的原因，是卫星上天后没有跟末级火箭分离，导致连接卫星与火箭的一个套管套住了卫星的四根天线。天线无法张开，自然也就无法发出遥测信号。

后来，末级火箭在飞行振荡中，套管一点点滑脱，天线终于成功张开，“实践一号”也就不再沉默了。

经历这次劫难的“实践一号”后来表现特别好。

按照孙家栋的设计，这颗安装有长寿命电源供应系统的卫星能在轨道上工作一年。但“实践一号”竟在轨道上连续八年发回科学信息。因此，它的长期电源系统、长期温控系统、长期遥测系统在一九七八年获得了全国科学大会成果奖。

这颗曾经的“哑星”，也为我国设计和制造长寿命卫星提供了宝贵经验。

生死线上的试验

“实践一号”卫星发回遥测信号，并没有让孙家栋喜悦多久，因为美国在一九六九年七月二十一日登上月球后，又在一九七一年七月二十六日发射了“阿波罗15号”飞船，载着三名航天员实现了人类第四次成功登月。

跟发达国家相比，中国航天事业还是落后许多，孙家栋有一种迫切的使命感，那就是要尽快研制我国的“返回式遥感卫星”。

“遥感卫星”是在卫星上安装照相机，对着地球和星空拍摄，完成拍摄任务后，再把装胶片的暗盒收进返回舱内，把拍摄的胶片带回来，所以又叫作“返回式卫星”。

这种卫星能卓有成效地测量国土面积，如果发射成功，意味着我国也掌握了卫星回收技术，意义深远。

一九六八年中国空间技术研究院成立后，我国第一颗返回式卫星的总体设计工作也跟着被移交。当时正领导研制“东方红一号”卫星的孙家栋又成为这颗卫星的技术总负责人。

返回式遥感卫星比前面两颗卫星复杂得多，它总共有十一个分系统，重量达到1800公斤，是个“武装到牙齿”的大家伙。而运载它的火箭，使用的是当时我国研制的第一代固体燃料发动机。

这颗返回式遥感卫星被命名为“尖兵”，它的任务是像侦察兵一样，到太空捕获更多的信息，再安全返回。

而让卫星回来的办法也很简单，就是在卫星上安装反推小火箭，让卫星返回时可以逐渐减速。

在卫星的综合试验中，孙家栋负责的是整星振动试验。

这可是一项极其危险的任务，因为试验中，卫星是要和固体燃料发动机绑在一起的。

固体燃料有个特点，那就是能量巨大，非常怕静电，一星静电火花都会引起爆炸。

可试验过程中，每一处、每一点都可能存在静电，这就等于拿性命去做试验。

工程人员拿不定主意，就请孙家栋做决定。

事关卫星的安全，试验再危险也得做。孙家栋想都没想就拍板决定试验，并决定亲自参加。

这个决定遭到不少人反对，孙家栋可是卫星技术负责人，肩负整个项目的重担，他的安危对整个项目来说非常重要。

但孙家栋谢绝了所有好意的劝告。他认为，正因为自己是技术负责人，所以更要身先士卒，奔赴危险的前线，否则凭什么让别人去冒险？

试验场白天人很多，设备复杂。为了避免发生意外造成巨大的损失，孙家栋只能选择在夜间进行试验。这样万一爆炸了，损失也可以降到最低。

每天晚上，当场区安静下来时，孙家栋的危险试验恰恰才刚开始。

试验场里摆的每一台固体燃料发动机，此时对他们来说，都是不定时炸弹。只要哪里产生小小的静电，就能把它们点燃，将一切夷为平地。

孙家栋是个见惯风雨的人，但走在这些危险的家伙中间，心里还是会发毛。

不过，为了保证卫星能成功发射，每天晚上，孙家栋按时带着试验人员，在生死边缘完成了一个又一个试验。

每次试验完毕，很多人的后背都湿漉漉的，暗暗庆幸又一次从鬼门关活着回来。

幸好，因为孙家栋的小心谨慎，试验有惊无险地完成了。

但危险并没有解除，因为返回式遥感卫星在回收时，有可能会不小心掉入别国或者敌区。这种情况下必须把卫星销毁，以免机密落入他人手里。因此，“尖兵”返回式遥感卫星上面安装了特殊的爆炸装置和爆炸螺栓，还有各种消旋、助推、卫星姿态调整小火箭等容易被引爆的“炸弹”二十多枚。

这些爆炸装置跟普通仪器不同，普通仪器坏了，换一件新的就行，但爆炸装置发生意外，就会造成重大伤亡事故。

所以，对这些爆炸装置的测试，同样也时刻存在着危险。

不管危险有多大，孙家栋都坚持要做这些测试。对他来说，返回式遥感卫星是国家重器，将来会有巨大的贡献。他把确保卫星的安全置于自身安全之上。

孙家栋不顾安危的做法感动了不少人，特别是测试场的发射部队，他们给了孙家栋极大的支持。

有一次，孙家栋提前走出厂房，发现测试车间周围停放着二十多辆消防车和救护车，不少消防兵和外科医生、护士拿着器械和工具正在待命。

孙家栋很好奇，走过去询问了一番才知道，原来测试场基地的李福泽司令为了安全起见，每天都会派二十多辆车来这里守着，以防万一。

但李司令不想影响孙家栋等人测试，所以总是让车队晚几分钟到位，又在下班之前撤离，避免让孙家栋他们知道。

正是有发射部队做坚实的后盾，在背后默默支持，孙家栋才能不断地投入危险测试中。

测试虽然很危险，但具有很大的价值，因为查出了信号不正常、系统协调不顺利、仪器不做功等诸多问题。

这些问题，每一个都不小，每一个都需要孙家栋带人绞尽脑汁去解决。

这样持续不断的紧张工作，加上巨大的精神压力，孙家栋每天神经都绷得很紧，他的身体开始吃不消了。

在一次现场会议上，孙家栋突然昏迷过去。

救护车呼啸而来，将他送到基地医院抢救。经过检查后发现，原来是他的心脏供血不足，导致大脑缺氧。这是长期劳累睡眠不足导致的。

孙家栋不得不在医院住了两天两夜，但这段时间里，电话不断打进来，请示问题的人一个又一个，根本不给他休息的时间。

因为他离开岗位，基地积攒了一堆事等他去解决，而且事情还在飞快增多。

孙家栋躺不住了，他觉得自己必须回到岗位，否则会影响卫星发射的进度。

医生觉得孙家栋的状况还是要多休息，并不适合出院，但不管医生怎么苦口婆心地劝说，孙家栋都坚持要出院，他说时间不容他生病。

李福泽司令知道情况后，就让医院安排一个医生，提着氧气瓶跟着孙家栋。

于是，奇怪的一幕出现了，孙家栋每到一个地方，身后都会跟着一个医生，帮他带着氧气瓶。

孙家栋舍生忘死，在他的带领下，返回式遥感卫星的所有测试工作终于完成了，被运回发射基地，进入临射阶段。

一九七四年十一月五日，“尖兵”返回式遥感卫星与“长征二号”火箭完成对接，矗立在发射架上。气象部门确定的发射“窗口”是十一时到十五时三十分。

孙家栋坐在指挥大厅里，等待各个系统汇报航天器的状态。

情况还不错，报告口令都是“正常”。

孙家栋感到虚弱的身体又恢复了力气。对他来说，“正常”两个字比什么灵丹妙药都能缓解他的身心疲乏。

但在各系统的连接器纷纷从火箭上脱落，发射程序进入倒计时一分钟的时候，却突然出现了一个故障——卫星的内供电出现了问题。

这个时候，如果让火箭继续点火，这颗无法正常供电的卫星就算到了太空，也是个没用的大铁块。

这对孙家栋来说，简直是晴天霹雳。在这种情况下，正常做法是按程序逐级上报，最后等指挥员发布“停止发射”命令。

但时间就剩一分钟，等不及上头下令后再停止发射了。孙家栋想都没想，就站了起来，大喊：“停止发射！”

按照航天发射程序，孙家栋是无权下这个命令的。他下这个命令，需要承担很大的责任和风险。

可孙家栋还是把自己的利益置之度外，选择违反规定来保证卫星安全。

发射场负责人尊重孙家栋，中止了发射。

而孙家栋却因为神经过度紧张，眼前一黑，又晕了过去。

不知昏迷了几分钟，孙家栋才慢慢醒来，发现身边挤满了人，都在焦急地望着他。

孙家栋支撑起虚弱的身体，让大家立即找人查记录，排查故障原因。

很快，故障原因找到了，原来是一个外供电插头脱落，导致卫星内的转内电信号被压制住了。

解决故障的办法是在电路中加上一个电容，而且必须在十五时三十分这个发射“窗口”结束前把故障给解决。这是因为这个时候火箭早已经加注了推进剂，拖得太久，就必须将推进剂排出，那会带来无法弥补的损失。

指挥大厅除了一线人员，所有的人都被疏散了。现场指挥看着手表，着急地问孙家栋：“还有三个多小时，能提前抢修好吗？”

“请给我们二十分钟的时间，我们再研究一下。”

孙家栋立即召集卫星总装厂、总体部、遥感图片处理等各方人员，共同商议解决方案。

经过商议后，孙家栋决定撬开返回舱头部的壁板，进入卫星，找到里面出故障的部件。

但新的问题跟着来了。返回舱头部的壁板撬开后，该怎样复原呢？要知道，返回舱用的可是高级黏合剂，那是在北京经过千百次试验才研制成功的。即使北京还有这种黏合剂，也来不及运过来！

在这危急时刻，现场走出一位南苑703所的技术员，他的专业就是研制高级黏合剂，而且他被调派过来的时候，居然还带来了一整桶高级黏合剂，以应急需。

高级黏合剂有了，但从撬开到重新黏合，时间还来得及吗?

天空在咆哮，大地在悲泣

从撬开卫星壁板到重新黏合，到底要多久?

卫星总装厂的技工们估计了一下，说大概要两个小时。

孙家栋心中有数了，又问道:“打开防护盖后，敢不敢插上电源插头?”

技工们果断地回答:“敢! 卫星壁板一打开，我们马上插!”

为了保证万无一失，孙家栋命令专家审查电路图，搞清楚插上插头会不会有危险。同时，组织卫星总装厂的技工爬上发射塔架，在加注推进剂的火箭上，用工具先撬开卫星的“稳定裙”。

这是件危险万分的事，因为一旦产生静电，就会引发可怕的爆炸。

所以，孙家栋只同意上去两名技工。

在苏联火箭发射场上，曾经有包括将军和优秀科学家在内的一百多人，因为爆炸而全部遇难。孙家栋不敢疏忽，他要避免这种悲剧的发生。

但孙家栋也明白，只有不怕牺牲才能取得胜利。他唯一能做到的，是将牺牲的可能性降到最低。

酒泉晴空万里，白云朵朵。两名技工在众人提心吊胆的注视下，像攀登绝壁的运动员，爬上了高高的发射塔架。为了使操作过程不产生一丁点静电火花，他们带的全是连接了地线的工具。

只是，卫星稳定裙拼接黏合得天衣无缝，要打开它太难了。时间一分一秒地过去，两名技工又不能急，因为动作过猛容易产生静电。

烈日下的发射塔架反射着刺眼的光，孙家栋感到时间似乎静止了，他的心跳也要跟着停止了。

两名技工终于拆开稳定裙，插上电源插头后，又动手细心地黏合、组装好新的稳定裙。

一个新的难题摆在孙家栋面前：即使十五时可

以完成任务，刚刚黏合好稳定裙也需要一定的时间凝结。就像胶水一样，得干了才能粘紧。

孙家栋立即组织现场专家，讨论能否把发射时间往后推。

卫星总体部的科技人员觉得可行，因为时间越久，稳定裙凝结越紧，卫星发射的各项准备工作越充分，但基地的同志们想抓紧时间，因为在气象“窗口”内发射，更有成功的把握。火箭专家也希望早点发射，因为火箭装足推进剂之后，等待越久越不安全。

到了下午十五时，大家还在热烈讨论。看来，要统一大家的想法很难。作为技术总负责人，这个时候孙家栋必须拿定主意。他果断做出“发射推迟半小时”的决定。

发射场随即进入发射前的准备。

十五时三十分，发射阵地上的人员全部撤到地下指挥控制室。

开始进入倒计时……

随着一声“点火”，等待已久的火箭像巨龙一样昂首冲天，巨大的呼啸声震耳欲聋，橘红的火焰喷射而下，无比壮观，无比辉煌。

可是，这壮观的一幕只持续了二十一秒。

离开地面后，运载火箭就开始大幅度摇摆，飞行二十秒后它失控了，而这时候，卫星还牢牢地对接在火箭上。

为了避免火箭失控，给人民群众造成巨大的生命财产损失，火箭飞行轨道的设计中装有一个安全自毁系统，如果偏离轨道的角度大于允许值，火箭就会爆炸。

现在，指挥员不得不启动这个火箭自毁系统。

到了第二十一秒，火箭在空中掉头，随后爆炸。

轰然的巨响，仿佛天空在咆哮。

巨大的爆炸气浪中，卫星被弹射出去，在空中解体了。

卫星碎片向四面八方飞了出去，纷纷掉落到戈壁滩上，那里成了一片火海。

安装在卫星内部的二十几件“火工品”，这时候也像被引燃的爆竹，跟着爆炸了。

天空燃烧得更剧烈了，血色的气浪横扫一切。

大地颤抖得更厉害，一声声爆响，就像它的呜咽。

烟尘漫天，火光飞扫，仿佛世界末日降临。

地下指挥室的人还没搞明白情况，都以为发生了特大地震。

但孙家栋知道，这不是特大地震。他预感到这次返回式遥感卫星和运载它的“长征二号”火箭凶多吉少。

五分钟后，外面情况相对稳定，孙家栋才被允许离开地下指挥大厅。他踉踉跄跄地爬出来，抬头一看，内心是灰暗的。

此刻，戈壁滩和天空，都还是一片火光。

那承载着科研人员心血和全国人民期盼的卫星，已在熊熊大火中化为灰烬。

孙家栋无力地扑倒在地上，泪水不可抑制地流了下来。等基地的人过来扶起孙家栋，才发现地面一片滚烫，而痛苦的孙家栋就这样久久地趴在上面，把泪水洒落在这片炙热的土地上。

夕阳西下，天边一片血红。

好久好久，缓过劲来的孙家栋，立即带人查看现场录像，分析火箭爆炸的原因。

事故发生了，得从中找到原因，避免下一次再发生，这是事故的最后价值。

经过初步判断，问题很可能出在火箭上。因此，孙家栋动员所有人，分散到酒泉广阔的戈壁滩上，搜集火箭和卫星的残骸。

他要求，不管残骸大小，哪怕是一截铜丝、一块钢片，也要搜集回来，交给它所属系统的人。

各系统的人要对残骸进行细致检查，一点点地对接成形。

这是一项琐碎而又庞大的工作，但孙家栋要求大家把工作做细，一定要找出爆炸的元凶。

这种做法简直就像是大海捞针。幸运的是，一段两寸长的导线被证明有问题，在X光透视下，它表面胶皮完好，里头的铜线却有裂痕，用力拉一下，铜线就断开了。

这让孙家栋更深刻地认识到，质量就是一切，质量就是航天人的生命。

其实在这件事之前，孙家栋就非常注重质量。在研制“东方红一号”时，因为上海某厂生产的四芯插座未达到质量要求，孙家栋就带着国防科委开的介绍信，亲自跑去上海，请上海市委督促生产厂家严格控制质量，生产出符合卫星要求的插座。

在孙家栋的坚持下，厂家集中了最有经验的老师傅，日夜讨论和研究，终于高质量地做出一批符合要求的插座。

这次，火箭毁于一根导线，让孙家栋对质量要求得更为严苛。他随后要求：一个电子管零件坏了，火箭或者卫星上的所有仪器，都不能再用这一批次的零件，不论好坏都不能用。

因为卫星上所用的仪器和部件，必须能承受火箭发射时的震动冲击，还要能适应太空高真空、强辐射、超低温等极端环境考验，所以，卫星零件要求的质量，是一种特殊质量——既要能在地面过关，也要能在天上过关。

此外，孙家栋还要求，每一个在试验中出现过的故障，都要在相同的条件下，反复做一样的试验，让故障一次次地浮现，然后再来分析是仪器的问题，还是环境的问题。

后来，孙家栋更是推动航天界建立质量体系和质量管理制度。如今，航天界有一个铁的“质量问题技术归零”的要求：定位准确，机理清楚，问题复现，措施有效，举一反三。

从失败中总结经验，在失败中重新出发。孙家栋很快振作起来，再次投入返回式遥感卫星的第二次发射准备工作中。

这次，他们能否成功？

惊心动魄的六小时

研制返回式卫星，在当时可是世界尖端的技术。

美国和苏联的返回式卫星都是经历过很多次失败后，才成功回收。美国一九五九年开始研制“发现者号”返回式卫星，经过三十八次飞行试验，十二次回收失败，不断改进，才获得成功；苏联的返回式卫星试验次数就更多了。

这样看来，中国第一颗返回式卫星首次发射失败，也是很正常的。

但发射的失利，还是惊动了中央。

中央专门委员会主任叶剑英找来四次担任核试验委员会主任、三次担任核现场试验总指挥的张爱萍将军，让他主抓这件事，一定要让“尖兵”返回式卫星顺利上天、回收。

一九七五年八月十八日，孙家栋收到张爱萍将军的指示：所有从事“尖兵”遥感卫星研制的工人、技术员、干部和器材管理人员，一定要认真复查。凡是自己查出的问题，不追究责任；如果能查出问题并解决了，那就是对国家负责。

八月十九日，张爱萍主持召开了“长征二号”第二次质量动员大会。会上，张爱萍用诗词鼓舞大家继续努力，把“尖兵”送到太空，成为我国的“天兵”。

孙家栋很受鼓舞，会后，他放下包袱，再次率领中国航天人打响了第二次发射“尖兵”返回式卫星的战斗。

返回式卫星的难点在于：不是返回地球就可以了，还要让卫星落到指定的地点。落到海底找不到怎么办？落到国外怎么办？

这些问题难住了孙家栋，他广泛征求大家的意见。

有人提出，在卫星上装个“炸药包”，也就是自毁系统。只要发现轨道不正常，控制不了落点，就下指令在空中炸毁。

“炸药包”装好了，卫星进入发射场。离发射的时间越来越近了，又有人提出意见：如果卫星准确地落到了指定地点，但是在天上转了几圈的“炸药包”出了毛病，工作人员打开卫星盖子，“炸药包”却爆炸了，那不就毁了卫星和自己人？

这样一说也很有道理，那这“炸药包”到底是装还是不装？

孙家栋作为卫星技术负责人，他必须拿定主意，这让他备感压力。

那几天，孙家栋白天、晚上都在思考这个问题。因为抉择太困难了，加上工作劳累，他长期超负荷的身体已经吃不消，但他还是得像往常那样，召开会议讨论，和技术人员一次又一次地论证，装还是不装。

最终，孙家栋做了决定：卫星万一飞到国外，属于外交问题；如果“炸药包”把卫星和自己人炸了，那就是重大事故。外交问题可以协商解决，重大事故就无可挽回了。怎么算，外交风险都要小于爆炸风险，所以他决定取消安装“炸药包”。

卫星在发射场完成了各项测试，看着操作人员小心翼翼地将“炸药包”从卫星上拆除，孙家栋心里那块悬着的石头，好像也被人搬走了。

为了避免再一次发射失败，孙家栋每天都泡在技术阵地，要求各系统不厌其烦地一次又一次测试，以确保“返回”没问题。

一九七五年十一月十五日，“尖兵”返回式卫星和“长征二号”火箭完成了技术阵地测试，转运到发射阵地，完成了发射前的所有工作。

在卫星发射前夕，孙家栋被召回北京，负责在发射与回收的中枢机关坐镇指挥。

北京比阵地更需要孙家栋。

十一月二十六日，“长征二号”运载火箭携带返回式遥感卫星“尖兵”成功发射升空。

火箭按规定程序飞行，卫星进入了预定轨道后，分布在全国各地的地面测控站对卫星进行跟踪、测轨、遥测和遥控。

孙家栋的心情跟大家一样，有喜悦，又有担忧。以前操心的是卫星能不能成功发射，卫星入轨后担心能不能正常工作，现在，他又为卫星能不能正常返回而担心。

“尖兵”虽然出发了，但能不能顺利回来，孙家栋心里没底。按原来的设计，返回式卫星的回收区是四川省成都市的东南部，但卫星发射后，却消失得无影无踪。

当时，中国和越南关系很紧张，万一卫星飞到越南，上面又没有自毁系统，那就会变成极难解决的外交问题。孙家栋的心揪紧了。

从十二时到十八时，国防科委的搜索部队和雷达等跟踪系统都在全力追寻“尖兵”，但怎么也找不到它。

牵挂卫星回收情况的国务院不断打来电话询问：“卫星找到了吗？”

这让指挥中心十分尴尬和不安。孙家栋更是度秒如年，他一会儿站起来，一会儿坐下去，眼睛不时盯着雷达显示器。每当电话响起来，他都会打一个激灵，既盼着能有好消息，又担心是坏消息。

这让他想起当年发射“东方红一号”，他在北京指挥部接收前线电报时的情景，那时候他感觉自己像被放在火上烤。这次，情况也差不多。

毕竟，“尖兵”返回式卫星的发射，倾注了太多航天人的心血。追求百分百的孙家栋，无法容许第一次发射失败，第二次再失败。

下午这六小时，对孙家栋来说像一个世纪那么长。好在坐在对面的张爱萍将军举重若轻，还不时安慰孙家栋两句。

十八时三十分，贵州省军区打电话报告总参谋部：在关岭铁索桥旁的树林里，民兵发现了一个不明飞行物，奇形怪状的。当地民兵怀疑，是国外敌人乘坐的飞行器。

孙家栋接到消息，激动得差点跳起来，他知道那应该就是“尖兵”了。

张爱萍立即打电话，命令贵州省军区严密保护现场，由国防科委派人去处理。

大家赶到关岭铁索桥旁的树林一看，正是返回式卫星“尖兵”，它砸在了山北坡的一棵松树上。

卫星没有设计挂钩，圆滚滚、滑溜溜的，不好扛，也不方便抬。幸好有个看热闹的老大爷出了个主意：把卫星跟两根长木头捆绑在一起，就可以把卫星抬起来了。

飞机运回了这颗从九天云外返回的“尖兵”，孙家栋立刻带人进行处理。卫星的稳定裙、降落伞、部分电缆和仪器烧坏了，片盒摔出了两个窟窿。这让孙家栋的心再次揪紧，他担心片盒里的摄影胶片会曝光，那样一切努力就都白费了。

不过，很快孙家栋就收到了让他喜出望外的报告：胶卷只曝光了两层，内层还是完好无损的。卫星虽然部分烧坏，但毕竟是按预定时间返回，也取得了可喜的遥感试验资料，所以，后来对外宣布的新闻公报说是“取得了基本的成功”。

这也标志着中国成为美国、苏联之后，第三个掌握卫星返回技术的国家。

直到这一刻，孙家栋全程紧绷的心才放松下来，这场持续了几天几夜的战斗终于可以停歇了。

在这场战斗中，他几乎耗尽了体力，是为了祖国航天事业的责任心，支撑着他坚持下来，最终等到了胜利。

为了庆祝这次胜利，张爱萍挥笔写道：

“长征”万里遣“尖兵”，

巡行太空战鬼神。

力争朝夕越艰险，

获锦归来举世惊。

……

这是将军对全体航天科研人员的勉励，也是对孙家栋的期待。

因为，还有更多的重担，在等着孙家栋去挑！

三步并作一步走

第一颗返回式卫星“尖兵”发射成功之后，中国更多的返回式卫星奔向太空。

这些卫星在资源普查、大地测量、摄影定位方面发挥着巨大的作用，它们的出现，让人类在地球上无法进行的许多试验都变得简单起来。

首颗“尖兵”卫星返回地面后，孙家栋就被提升为中国空间技术研究院副院长，不久又升任院长。

这时候，我国把研制和发射静止轨道通信卫星列为国家重点工程，而重担再次落到造星人孙家栋的肩头。

这个担子，可是比发射架还重。

那么，什么是静止轨道通信卫星呢？

所谓通信卫星，就是可以接收和转发无线电信号，进行地面站之间或者地面站与航天器之间通信的卫星。

地面的信息以电磁波的形式发射，卫星天线接收后，再通过转发器转发回地面。这样，天南海北的信息都能又快又准地传递了。

所以，通信卫星与地面的位置必须保持相对不变，固定在中国的上空，否则就转发不了信号。这就叫静止轨道。

地球从西向东自转，卫星运行的速度要与地球同步，才能达到静止轨道的效果。当然，有时候轨道也要做适当的调整，防止各个通信卫星的无线电信号互相干扰。

国际电信联盟组织规定，卫星间隔是五度一颗。地球圆周为三百六十度，也就是有七十二颗的容量。只要有国家占据了一个轨道，其他国家就不可再用。因此，能发射卫星的国家，都在争先恐后地占领太空轨道。

中国需要尽快发射静止轨道通信卫星，占领自己的空间轨道。

自从一九四五年英国科幻小说家亚瑟·查尔斯·克拉克在自己的作品中预言了通信卫星之后，到一九七五年，美国和苏联的通信卫星都已进入第三代。

国外发射通信卫星通常分三步走：第一步，进行中高轨道试验；第二步，发射试验通信卫星；第三步，发射实用通信卫星。

那么，我们要不要也分三步走呢？这个问题在中国空间技术研究院争议很大。

孙家栋觉得没必要，因为中高轨道的试验比较费时，而且对发射实用通信卫星没有起到关键作用，这一步可以跳过，以符合国家“急用”的要求。

大家接受了孙家栋的意见，但都坚持第一颗发射试验卫星，等第二颗再发射实用卫星。

孙家栋觉得，分两步走还是太慢了，可又得尊重大家的意见。于是，他在深思熟虑后，把“试验”与“实用”融为一体，决定研制一颗同时具有试验和应用功能的“试用”卫星。

这个创造性的融合，不仅弥合了分歧，还提升了这颗卫星的综合价值。一旦试用成功，就可以转为正式。这等于还是把两步走的设想用一步走来实现。

但通信卫星技术含量非常高，“一步走”的风险也跟着提高很多。

好在孙家栋的这个设想，得到张爱萍将军的有力支持。将军说：“只要你们把该办的事情办好，该做的工作做细，剩下的责任都是我的。”

有了这份鼓励，孙家栋可以放心给大家布置任务了。他让大家不要有顾虑，就算“试用”卫星失败了，也是试验中的正常现象。

在当时，通信卫星是一门全新的学科，结构比之前的卫星都复杂，技术也比以前的卫星更加密集，连它的运载火箭，都要专门设计研制。

通信卫星不是只要发射升天就算成功，它的天线要能接收地面的电磁波，也要能向地面发送电磁波；它的转发器要能把接收到的信号转译成另一种形式的信号，再发出去。而跟卫星联系的地面应用系统叫地球站，也得全新研制出来。

根据当时的计划，在发射场的测试时间大约需要七十天。

通信卫星非常复杂，万一发射失败了，不管是卫星还是火箭出现故障，要把故障找出来，少说也需要两三个月，排除故障还得花更多的时间。如果卫星和火箭都出了问题，那耗时就会更长，将严重影响国家“急用”的要求。

这可如何是好?

一九八三年的金秋十月，张爱萍将军亲自到西安测控中心，对通信卫星的飞行控制和技术准备做检查。

孙家栋负责陪同检查，在这个过程中，他突然受到老将军的启发，和科学家们想出了“故障预想”的科学概念，也就是让测控人员提前练兵，对所有可能出现的故障大胆预想，想出一个，排除一个。

为防万一，孙家栋还准备了两颗卫星、两枚火箭，一旦发射失败，马上第二次发射，保证发射进度。

经过两个多月的紧张准备，发射时间定为

一九八四年一月二十九日。

在发射前的准备过程中，孙家栋天天穿着那件沾满沙尘的军大衣，在西昌卫星发射基地来回奔波。

随着发射临近，另一个难题又摆到孙家栋面前：卫星发射地选在西昌，但是卫星测控中心在西安。

那时候交通不便，从西昌到西安有一千多公里，乘车一天一夜都到不了。

孙家栋必须确保，这颗通信卫星既能发射成功，又能成功测控。因此，他不得不在两个现场之间来回奔波。

长期舟车劳顿，除了身体的疲劳，他的精神也高度紧张，到西安时担心西昌发射基地出事，在西昌又担心西安测控中心有问题。

毕竟，这是中国的第一颗通信卫星，大家都是摸着石头过河。

直到发射前的两三天，孙家栋才决定由副总设计师戚发轫留在西昌，自己去西安测控中心。

张爱萍明确指示：西安测控中心现场，也要像西昌的卫星发射现场一样，成立一个有权威的司令部，第一指挥长由基地司令担任，第二指挥长由试验队长担任。

一月二十九日越来越近了。这次，又有一个共和国的“第一次”在等着孙家栋去缔造，他能顺利完成吗？

千钧一发的大抢救

一九八四年一月二十七日，孙家栋进驻西安卫星测控中心，为中国第一颗通信卫星发射升空做准备。通信卫星将定点在东经125度，与地球同步运行。

卫星发射时的推力由火箭提供，但卫星到了太空，修正轨道和控制姿态，就要靠卫星上安装的几枚小推力火箭了。

在卫星的所有发射轨道中，大椭圆轨道是最节省能量的：当卫星在三级火箭推动下进入圆形的停泊轨道时，要二次点燃卫星上的第三级火箭，帮助卫星进入大椭圆转移轨道。这一跃，可以跃到三万公里以上的高空。这是因为真空中基本没有阻力，一点点的推力都能让卫星高速运动。

三级火箭作用很大，但对它的可靠性要求很高，要确保两次点火都能成功。

问题在于，运载通信卫星的是最新研制出来的“长征三号”，这是结构比之前更复杂的三级火箭，它第一次使用了低温推进剂，第一次应用两次点火的发动机。虽然发射之前经过多次试验，但能否成功，谁都没有把握。

再难，也得迎难而上。

一九八四年一月二十九日，孙家栋怀着激动的心情，迎来了人生中又一个第一次。

火箭正式发射后，就像一轮喷薄的红日，气势磅礴，直冲苍穹。

“飞行正常！飞行正常！”

耳边传来激动的报告声，孙家栋暗暗松了口气，这对他来说，就是胜利的报告声，也是世界上最好听的声音。

第一级火箭飞行正常；

第二级火箭飞行正常；

第三级火箭飞行正常；

……

就在大家以为胜利在望的时候，第三级火箭第二次点火失败。

第三级火箭点火不成功，卫星进入了近地低轨道，大椭圆轨道却怎么也上不去了。

孙家栋感到一个巨大的难题压了过来，因为按照设计，卫星要爬到最高点，然后在大椭圆轨道运行，大约每十小时三十分钟绕地球一圈。这样才能给地面测控留下充足时间。

如今卫星落在低轨道上，绕地球一圈变成了九十多分钟，测控的时间太少了。

更要命的是，通信卫星必须到高轨道才能发挥作用。现在这么低的轨道，通信卫星是无法正常工作的。

在这紧要关头，孙家栋灵光一闪，能不能利用卫星上携带的小推力火箭，把它从低轨道往上抬升一些？

卫星上的小推力火箭只是用来调整姿态和修正轨道的，所携带的燃料很有限。孙家栋当然不是想用它们把卫星拉升到三万多公里的高轨道，这非常不现实。

但孙家栋想，只要能让卫星提升到比目前四百多公里的高度更高一些，地面就能安排各种试验了。

情况紧急，孙家栋顾不得多想，现在最要紧的是尽快捕获卫星。因为根据专家的意见，必须在卫星绕地球第十二圈以前捕获它，每分每秒都很重要，关系到卫星能否顺利挺过这关。

然而目前这个轨道，卫星九十多分钟绕地球一圈，速度非常快，地面测控中心怎么才能抓住转瞬即逝的时机？

而且，火箭和卫星是在故障出现时分离的，目前卫星还在旋转，它是什么朝向呢？如果不能精准判断朝向，小火箭推力用错，那卫星不但不会向上升，还会向地球掉落！

在测控中心的指挥下，测控站的操作人员迅速进入忙碌状态，一旦卫星进入我国的可测空域，测控站的雷达就展开搜索。终于，在卫星绕地球第十一圈时，雷达发现了目标。卫星被捕获的消息传到测控中心以后，人们开心得几乎要跳起来。

现在是挽救卫星的紧要关头，孙家栋让测控中心保持冷静，根据发射过程中的实际情况，进行严密的理论分析和精确的计算，计算卫星姿态的各种可能性。等计算出一定的结果后，孙家栋又跟大家一起分析哪一种可能性最大。

得出结论后，孙家栋断然下达了点火的指令。

四百多公里上空的小推力火箭点火后，测控中心鸦雀无声，所有人都紧张地盯着面前的屏幕。

但没过多久，大家就忍不住欢呼起来。观察结果证明大家的判断是正确的，此刻卫星正在旋转中不断向上升高。

经过一番抢救，将卫星由高度约四百公里的近圆轨道变为近地点高度为三百五十八公里、远地点高度为六千四百八十公里的中等椭圆轨道，运行周期也从原来的九十多分钟延长到一百六十三分钟，使试验通信卫星成为一颗能长期工作的科学试验卫星。

通信卫星有个重要的任务，那就是转播电视节目。当时，设在石家庄的电视卫星节目发射站，通过这颗卫星试验，证明转播的电视节目质量良好。

所以，每当卫星到达六千四百八十公里的轨道高点，都有十几分钟可以转播电视节目。

而这宝贵的十几分钟，也开启了中国电视卫星转播的新纪元。

在这场起死回生的抢救中，孙家栋发挥了巨大的作用。他凭借着过硬的科学知识和高超的技术，抓住一线生机，展开了惊险万分的“天地大抢救”，在千钧一发之际，让本来已经发射失败的通信卫星，变成一颗具有很高科研价值的卫星。

这不能不说是一个奇迹。

押上身家性命的签名

第一颗通信卫星虽然被抢救过来，发挥了试验价值，但孙家栋很不满意。他回到离开了一百多天的北京后，立刻召集技术人员制定新方案，务必确保第二颗试验通信卫星能顺利发射。

忙完一切，孙家栋回到离别已久的家。在家中的信箱里，他翻到一封从辽宁寄来的信。信是一位老大妈寄来的。

大妈说：“社会上都在传，搞导弹的不如卖茶叶蛋的。我是卖茶叶蛋的，听说你们这么困难，我愿意用这几年卖茶叶蛋挣的钱支援你们。”

孙家栋看完信，眼泪不由得夺眶而出。当时正是改革开放初期，也是中国航天最困难的时期，没想到普通百姓居然这样支持航天事业。

这封信让孙家栋内心受到很大的触动，他再次感受到航天事业的崇高，也更坚定了要把第二颗试验通信卫星发射成功的决心。

在孙家栋的带领下，一九八四年三月下旬，第二颗试验通信卫星和运载火箭完成了技术阵地的测试工作，运往发射中心。

很快，通信卫星、运载火箭、发射设备、地面测控设备和几千公里外的“远望号”测量船队，都做好了准备。

但进入四月后，西昌卫星发射基地经常下雨，给气象预报带来很大的困难，发射“窗口”也变得很短，通常只有一个小时左右。

摆在孙家栋面前的难题，是如何在这么短的时间内，把卫星成功发射出去。

四月八日，正是第二颗试验通信卫星预定的发射时间，这一天也恰好是孙家栋的生日。

这天中午，晴空万里，孙家栋备感开心，他觉得赶上自己生日，天公一定会作美的。没想到，三个小时后，天空飘来层层乌云。

孙家栋有点急了，再过五个小时火箭就要升空，会不会遭遇雷雨？

要知道，低温的火箭最怕雷雨。

孙家栋打电话给气象局询问情况。

气象局做了短期预报：十九时前后场区无雷雨，地面风速小于每秒五米，天气状况良好。

可是，这预报可靠吗？孙家栋心里很没底。

这时，有人给孙家栋请来一位七十多岁的老人。据说，当地人都称这位老人是“活气象”，他预测天气非常准。

孙家栋仿佛抓到了一根救命稻草，他立即请老人做现场预报。

老人看了看天空，又看了看孙家栋，笑了：“不用担心，今晚没有雨，如果说错了，我一辈子不喝酒！”

孙家栋不由得笑了，心里也稍稍放松下来。他和指挥员们商量了一下，决定按原计划发射。

到了傍晚，真如老人所预测，漫天乌云消散，月朗星稀，是个发射卫星的好“窗口”。

于是，发射场技术人员立刻给运载火箭加注

燃料。

十九时十五分，卫星插头脱落。卫星、火箭、设备的参数全部正常。

孙家栋暗暗松了口气，希望在自己生日这天发射卫星能一帆风顺。

十九时二十分，大地剧烈震动，火箭一飞冲天，直奔夜空。

二十分钟后，火箭准确入轨，星箭正常分离，卫星顺利地在大椭圆转移轨道上飞行。从各个测控站传来的消息看，卫星从四百多公里的近圆轨道运行到远地点高度三万八千多公里的大椭圆轨道，十小时三十分钟绕地球一周，卫星的仪器都运行良好。

从卫星升空开始，孙家栋就一直死死盯着屏幕，现在，他终于稍稍松了口气。

到了四月十日八时四十七分，卫星上的所有仪器工作状态依旧正常，温度也适宜，孙家栋就下令调整轨道。

随着遥控指令下达，卫星上的小火箭准确地在远地点点火了，卫星抬升，精准地进入准静止轨道。

孙家栋又发出遥控指令，卫星在小火箭的调整下，顺利地向定点位置飘移。

从卫星开始发射到现在，快两天过去了。孙家栋和他的专家团队都没合过眼。

成功的喜悦激励着大家，每个人都精神抖擞，跟着孙家栋的指挥棒，对卫星做测量、计算、控制、点火，大厅里一片欢快的气氛。

卫星的最后定点位置，设计在东经125度上空。

此刻，它正无限接近那个位置。

问题就在这时候冒了出来，只见屏幕上突然显示蓄电池温度在升高。

现场瞬间安静下来，每个人都呆住了。

此刻，卫星沐浴在阳光中，根本不需要用蓄电池供电，蓄电池温度怎么会升高？而且温度升高的速度飞快，几分钟就往上蹿1℃。

很快，蓄电池的温度就达到了25℃。

按照设计，蓄电池的最高温度要低于30℃，以这样的飙升速度，根本不容大家去思考。

屏幕上的数字仍在跳着：26℃，27℃，28℃……

没多久，屏幕上的数字就由绿色变成血红的30℃。

红色是警告色，意味着危险，如果不赶快排除故障，整个卫星都会受到影响。

设计蓄电池系统的天津电源研究所[1]副所长也在场，可他也弄不清楚这是什么情况。

孙家栋急了，逼问副所长："在所里的试验中，蓄电池的耐温值到底是多少？还有多大的余数，让我们来解决问题？"

副所长想了下，说："试验时……曾达到过50℃。"

孙家栋眉头皱得更紧了，也就是说，如果不能在蓄电池温度超过50℃之前解决问题，那一切都迟了。

面对众人齐刷刷投过来的目光，孙家栋想了下，果断下令，对卫星进行大角度姿态调整。

① 现中国电子科技集团公司第十八研究所。

但要面对太阳多少度呢？技术人员问。

孙家栋想了想，问控制系统的专家："红外地平仪的视角宽度是多少？"

专家说："视角宽度是25度。"

孙家栋没有时间再征求各方的意见，就说："那就把角度调到25度。"

但调整之后，蓄电池的温度依旧在上升，渐渐达到45℃。

沉闷的控制大厅里，空气简直要凝固了，每个人都死死盯着屏幕。

现在，卫星的姿态角已经调到极限，再调下去地球就会接收不到卫星的信号，还可能会失去对卫星的控制。

一颗失去控制的卫星，是没办法实现通信功能的。

在这个慌乱又紧急的时刻，孙家栋让自己冷静下来。他明显感觉到，经过角度调整，蓄电池升温已经没那么快了，也就是如果再往下调，升温可能会停止。

孙家栋问身边的控制系统专家："红外地平

仪试验时，视角宽度是否留有余量？25度是不是极限？”

专家回答说：“有的仪器会留下少许余量，也就27度多，有的仪器没有，就只有25度。”

孙家栋心中燃起希望，既然有的仪器有余量，那不妨大胆尝试一下，就当卫星上的那个仪器是有余量的，放手一搏。

因为如果不调，卫星就真完了。

孙家栋决定绝地求生，他要求技术人员“立即再调5度”。

大厅里的人都惊呆了，这也太冒险了，而且一下子调5度，这超过了角度余量。

通常情况下，下达指令是要审批签字才能执行的，但这时候，办理审批手续已经来不及了。操作指挥员拿来一张白纸，在上面写下“孙家栋要求再调5度”，让孙家栋签名，作为证据。

孙家栋毅然拿起笔，签下了自己的名字，这是他人生中最沉重的一次签字，每一笔孙家栋都把自己的身家性命押了上去。

但孙家栋这一把押对了。卫星上的仪器还真有

角度余量，而且超过5度，调整之后，地面没有失去对卫星的控制，蓄电池的温度也停止上升，慢慢恢复正常。

孙家栋因为全程精神高度紧张，累得筋疲力尽，无力地坐到椅子上。

大厅里响起一片鼓掌声、欢呼声。要知道，孙家栋对“发烧”卫星的这种处理方式，可是世界航天史上绝无仅有的创举。

创造了一个世界新纪录

四周一片欢呼声，掌声是为孙家栋响起的。

但孙家栋高兴不起来，看着屏幕上温度在逐渐降低的蓄电池，他感到阵阵后怕。

如果刚才角度调整过大，地面失去对卫星的控制，这颗通信卫星会变成太空垃圾，那赔上自己的个人声誉不说，还会让整个团队多年来的辛苦白费，让国家投入的亿万元经费打了水漂。

这样的后果太可怕了。

不过，刚才孙家栋坚持要调整角度，可不是在赌博，而是凭着多年来积累的知识和经验，用直觉做出的判断。

这种直觉来自他长期从事航天事业的敏锐感，

更像一种本能。

但这种本能却没法告诉孙家栋，为什么卫星的蓄电池会出故障……而现在孙家栋最想知道的，就是这个问题的答案。

冷静想了好一会儿，孙家栋缓缓地站了起来。他跟很多人一样，二十多个小时没有休息，现在一动，全身都在颤抖。

边上一个专家看见孙家栋这样，有些心疼，就让孙家栋赶快去休息。反正卫星已经“退烧”了，可以放心去睡觉了。

孙家栋摇了摇头，他走到屏幕前，大声说道：“我们只是暂时控制住了蓄电池的温度，我们还不知道它为什么会升温，为什么会降温。如果我们不把原因排查清楚，找到一个彻底的解决办法，等于问题还是没有解决。”

大厅里安静下来，刚才还欢欣鼓舞的人都意识到，孙家栋的话是对的。

蓄电池虽然已停止升温，卫星也在照常运行，但谁能保证，等把卫星调回原先的角度，老问题不会重新出现呢？

孙家栋大手一挥："大家准备一下，我们马上开个会。必须尽快弄清楚这个故障的原因，多耽搁一分钟，卫星仍多一分危险。"

众人有些吃惊地看着孙家栋，他明明已经非常虚弱，明明非常需要休息，怎么还有力气开会？这股支撑他开会的力量，到底是从哪里来的？

孙家栋说的"开个会"，竟然开了一整天。

虽然各个系统的专家都参与进来热烈讨论，却没人能给出一个合理的理由，以至于有人干脆说，要不让卫星回到原来的角度，看看它是否还会"发烧"。

这个提议被孙家栋否决了，这样做极其危险。要是卫星再次升温，那还得把角度调回去，但谁能确保下次回调没问题呢？而且，万一调的角度超过极限，失去对卫星的控制，好不容易才挽回的局面，就再一次失控了。

综合各方面的观点，孙家栋逐渐整理出自己的思路。他让天津电源研究所的专家们重新给蓄电池做耐温极限试验。

假如卫星的蓄电池能耐受60℃—70℃的温度，在太空环境里，蓄电池的温度很难升到那么高，这就意味着蓄电池的温度不会对卫星造成破坏。

天津电源研究所的专家立刻坐专机回去，加急做蓄电池耐温极限试验。

但试验结果让孙家栋有些失望，蓄电池的耐温极限还是50℃，也就是说，不能指望蓄电池耐得住高温了。

不过孙家栋很快又振作起来，继续组织新一轮的研究、讨论。

讨论发现，卫星的天线是朝南的，而发动机则是朝北，这个时候卫星跟太阳形成的角度会让天线吸热减少，而发动机的吸热会增多。

孙家栋想起来了，太阳能电池片有这么个规律：卫星温度低时，电池片发电量就多，蓄电池的温度就高；卫星温度高时，电池片发电量就少，蓄电池的温度就低。

这个规律启发了孙家栋和专家们：如果把卫星发动机姿态向北调整，那卫星壳体就会在太阳照射下温度升高。这样一来，太阳能电池的发电量就会跟着减少，蓄电池的温度不也就降下来了？

孙家栋觉得这个办法可以试试，立即着手进行了测试，结果发现这种调节卫星姿态的方法切实可行。

那接下来就好办了，几个月以后，当太阳和卫星的角度再发生变化，只要将卫星发动机做出相应的调整，就可以继续控制蓄电池的温度了。

半年之后，随着太阳能电池发电效率衰减，发电量会减少很多，到时候就不用再调整卫星姿态了，因为蓄电池不会再升温了。

在孙家栋和广大专家的一起努力下，同样陷入危险境地的第二颗通信卫星，经过八天的保卫战，最终被成功地保住了。

四月十六日十八时二十八分，卫星准确地定点在东经125度赤道上空的静止轨道上，中国终于拥有了第一颗通信卫星。

四月十七日十八时，孙家栋正式下令启动卫星通信试验。

试验结果让所有人都笑了，因为转发器的各项指标都符合要求，有的比设计指标还好。

而进行了一个多小时的电视传输试验后，结果同样让人兴奋，转播的画面、色彩、伴音效果都超过预想。

多路数字电话的通信试验也传来捷报，隔着七万多公里的距离，通信双方没有受到一点儿噪声干扰，话筒里的声音听起来就像有人在耳边说话。

消息传出去后，世界各国都给中国发来贺电。

其中，美国国家航空航天局局长贝格斯在给中国同行的贺信中写道：“……你们完全可以为中国航天计划中的这一重要里程碑感到自豪，为‘长征三号’运载火箭的性能感到自豪，（世界上）仅有少数几个国家能达到这次发射所显示的技术能力。”

这一切的顺利进行，让孙家栋彻底松了一口气。中国航天人几千个日夜的付出，在这一刻终于迎来了真正的收获。

而在这个过程中，孙家栋和广大航天专家们，表现出过硬的技术水平和超强的心理素质。特别是孙家栋，他临危不惧，敢于担当，在危急时刻拯救了第二颗通信卫星，使中国成为世界上第五个能够发射地球静止轨道通信卫星的国家。

而且，中国首次成功发射的试验通信卫星就具有实用性，在太空工作长达三年，创造了世界通信卫星发展史上的一个新纪录。

孙家栋是创造这个纪录的一大功臣！

“新三星”的“大总师”

在中国航天发展史上，一直有“老三星”和“新三星”的说法。

“老三星”指的是“东方红一号”卫星、返回式遥感卫星、“东方红二号”通信卫星。我们都知道，孙家栋就是研制“老三星”的总设计师。

而“新三星”指的是“东方红三号”通信广播卫星、“风云二号”地球静止轨道气象卫星、中国和巴西合作的“资源一号”地球资源卫星。通常，也把“新三星”称为中国的“二代星”。

领衔研制这三大二代星的，依旧是孙家栋。

说起来，这些二代星都是为了服务国家建设而发展起来的。那是在二十世纪八十年代，我国经济社会快速发展，为了满足国家现代化建设需要，为二十一世纪航天技术打下基础，国家决定开展第二代应用卫星航天工程计划，研制新一代应用卫星。

新一代卫星不仅要求性能更先进、应用价值更高，还要能解决各系统之间复杂的匹配问题。

孙家栋因为被任命为“新三星”的总设计师，所以后来也被人称为“大总师”。

虽然发射卫星现在对孙家栋来说已不是什么新鲜事，但研制二代星的难度可比以前加大了许多，而且，现在孙家栋要领导的系统也更多了。

在这种跨专业、跨部门的研制系统里，孙家栋是核心，他负责整个工程的技术决策、指挥和协调。其中，协调各大系统之间的技术问题和工作问题，是孙家栋的工作重点。工作难度和压力都比以前增加不少。

凭着过去积累的经验，孙家栋非常重视航天团队的大力协同，他比以前更加强调各个系统要从全局出发，共同把目标做到最优，他也比以前更善于利用“协调”的力量。

孙家栋曾说过：“……航天产品在研制过程中，

某系统出现的问题影响到了其他系统的工作，就要立即进行协调。有时候，某分系统或子系统出现的问题看似很小，而与其他系统进行总体匹配后，就有可能出现理论上想象不到的复杂问题。如同桌子与椅子的配合，如果在桌子太高而椅子虽矮但属于正常尺寸的情况下，一般处置方法是降低桌子的高度，可如果降低桌子高度所花费的时间过长，实现的难度过大，就有可能用不降桌子而升椅子高度的办法，来实现桌椅之间的协调。”

不过，作为“大总师”，二代星研制工程的总负责人，孙家栋的“协调”绝不是打压、命令。相反，他为人谦虚低调，能够认真倾听不同意见，对科学的建议他非常乐意接受。

在研制通信卫星时，一次，有专家提出，可以把“微波统一测控系统”的新方案应用到卫星上。这种新技术从未在中国的卫星上使用过，如果应用不当，作为总设计师的孙家栋要承担很大的风险。

但孙家栋听了，却觉得这也许是个思路。他组织技术人员进行分析，发现采用微波统一测控系统能提升卫星的测控效果，节省卫星上的设备，减少卫星上天线的数目，降低卫星的重量和功耗，非常可靠。

因此，孙家栋大力支持把这种测控系统应用到通信卫星上。

正是因为善于协调，又有宽广的胸怀，孙家栋领导二代星研制时，得到许多专家的支持与配合，各系统也在他的协调下，大力协同前进。

一九九七年，在孙家栋的领导下，我国新一代通信广播卫星“东方红三号”准确进入预定的轨道。这颗卫星用于电视传输、电话、电报、传真、数据传输等业务，它的成功发射，标志着我国通信卫星技术迈上新台阶。

这一年，孙家栋又带领航天人，成功发射了“风云二号A”静止轨道气象卫星。

这颗卫星的上天，改善了我国气象预报的手段，提高了气象观测水平。中国也因此成为世界上同时拥有极地轨道气象卫星和地球静止轨道气象卫星的三个国家之一。“风云”系列气象卫星，更是被列为世界天气监视网全球观测系统的一部分，在台风、暴雨、冰雹、暴雪、沙尘暴、雪灾和海冰等的监测中发挥了巨大作用。一九九八年长江流域发生大洪水，它提供的气象资料就发挥了很大作用。

除了这两颗卫星，孙家栋对中巴合作的“资源一号”卫星，更是倾注了许多心血，用上了所有的协调艺术。

一九八七年，孙家栋与巴西国家空间研究院院长相识，经过一番长谈，孙家栋敏锐地意识到，中国和巴西虽然距离遥远，但两国有很大的合作空间和潜力。

于是，孙家栋便和巴西国家空间研究院院长谈起在地球资源卫星方面，是否有合作的可能。

一九八八年，孙家栋当时任中国航空航天工业部副部长，他开始和巴西航天部门开展合作。

不久，在孙家栋的协调下，中巴两国政府便签署了《中华人民共和国政府和巴西联邦共和国政府关于核准研制地球资源卫星议定书》。议定书明确，由两国空间研究院一起合作，研制中巴地球资源卫星。其中，中国承担百分之七十的经费，巴西承担百分之三十。

文件签署后，孙家栋便组织中国的技术人员和巴西技术人员一起讨论方案，确定各自的分工，项

目就这样正式全面展开了。

中巴合作，从一开始就出现许多需要大力协调的问题，这些问题包括研制经费到位困难，巴西的卫星承制公司破产，两国人员语言不通、文化冲突、技术沟通困难、往来不便等。

各种问题堆积起来，导致项目进展缓慢。

眼看项目合作有可能就这样黄了，孙家栋及时组织人员沟通解决问题，分析困难，制定出相应的处置措施，保证项目能继续进行。

在这个过程中，孙家栋发挥他在航天工作中的协调本领，解决了合作双方的问题，平衡了双方的关系。

孙家栋还促成两国政府在一九九三年、一九九六年签订了补充协议，使得合作能不断延续下去。

这颗中巴合作卫星的研制，足足进行了十多年。

十多年来，孙家栋为它四处奔走，花费了大量心血，在合作几次要搁浅的时候，他都绞尽脑汁，竭尽所能去协调问题，一次又一次让合作起死回生。

当这颗被命名为“资源一号”的卫星于一九九九

年在太原卫星发射中心成功升空时，站在发射场上的孙家栋感慨万分。

只有他知道，为了这颗中外合作的卫星能顺利发射，他耗费了多少心力。

但孙家栋的努力是值得的，“资源一号”发射成功，中巴随后开展了后续合作。

二〇〇一年，孙家栋亲自带队到巴西，现场检查中巴联合研制的第二颗资源卫星。

二〇〇二年，中巴又签署了《关于继续开展资源卫星合作的相关协议》。协议规定，中巴将继续合作开发第三颗、第四颗卫星。

中巴合作开发资源卫星，也给我国带来了很好的社会效益、经济效益。

就这样，孙家栋主抓的“新三星”都圆满地升空了。

如今，我国已经拥有种类齐全的运载火箭，发射了通信卫星、气象卫星、资源卫星、海洋卫星、科学技术卫星、导航卫星等众多类型的卫星。

这标志着我国航天技术水平已经进入世界前列。

嫦娥真的奔月了

发射人造地球卫星、开展载人航天和深空探测，是人类航天活动的“三大件”。

在孙家栋等中国航天人几十年的努力下，我们完成了前两大件，但在深空探测上，我们一直没有获得突破。

随着中国国力的发展，中国航天人开始把目光投向更遥远的太空，筹划着以月球探测为起点，向深空探测这个空白领域发起冲锋。

人类对月球的探测可以追溯到二十世纪五十年代，特别是一九五九年之后，美、苏围绕月球探测展开激烈竞赛。这次竞赛，以一九六九年七月“阿波罗11号”登月达到顶峰。

当时中华人民共和国刚成立，国力贫乏，中国人无法像阿姆斯特朗那样，在月球上迈出人类的一大步，但中国人的探月梦从没有停止过。

随着二十一世纪的到来，眼看着中国国力不断提升，孙家栋开始意识到，以我国所掌握的卫星技术、运载火箭技术、测控网技术和发射技术，已经具有月球探测和月球科学跟踪研究的能力。

因此，孙家栋多次呼吁，我国应该尽快开展探月工程。

二〇〇一年至二〇〇二年，在国防科学技术工业委员会牵头下，孙家栋召集全国航天工程技术人员和月球科学家，全面论证探月一期工程——绕月探测的可行性。

论证过程中，最大的难题是怎么解决我国深空测控能力的不足。毕竟，当时我国航天器飞行的最远距离为距地球七万公里，而月球离地球有三十八万公里。

怎样才能测控这么远距离的月球探测器？

为了解决这个问题，孙家栋带领众多专家，花了两年的时间，分析了海量数据，攻克了一道道难关，最终找到一个可行的技术方案，那就是利用已经建成的航天测控网，再加上中国科学院在北京、上海、昆明的天文台组成的天文观测系统，这样的配置足够测控绕月探测器。

至于怎么发射绕月探测器，孙家栋主导的方案也给出了答案，那就是利用我国现有的“长征三号甲”火箭、“东方红三号”卫星平台、西昌卫星发射中心，以及其他各种成熟技术来发射我国的月球探测器。

这些科学的结论，为我国探月工程的推出，提供了有力的依据。

二〇〇三年二月二十八日，国防科工委在北京召开“二〇〇三年民用航天工作会暨探月工程筹备会”。会上提出“正式启动探月工程筹备工作”，孙家栋被任命为探月工程筹备阶段的总设计师。

年迈的孙家栋挑起中国航天史上又一个具有里程碑性质的重担。

二〇〇四年，世界上掀起一轮探月狂潮，时任美国总统的布什在演讲中提出美国重返月球计划，欧洲制订了月球和火星探测的“曙光女神”计划，印度公布了“月球初航”探测计划……

而我国也在这一年正式启动绕月探测工程。因为，只有自己拥有了科学实力，才能直接参与国际月球资源的开发活动，为未来开发月球资源奠定基础。

我国的绕月探测工程被命名为“嫦娥工程”，第一颗绕月卫星被命名为“嫦娥一号”。

这是继嫦娥奔月的传说、陶成道“万户飞天”的尝试之后，中国人又一次要飞向月球。

“婵娟从此不寂寞，广寒期盼故乡人。”

已经七十五岁高龄的孙家栋再次为国挂帅。在很多人看来，孙家栋是“两弹一星”的元勋，已经荣誉满身，他这个时候完全没有必要再参与风险巨大的探月工程。要是工程出了问题，会影响老先生过去创造的辉煌。

但孙家栋不这么想，他认为，只要国家需要，他就去做，这是一个中国航天人最基本也最重要的素质。

月球探测对中国航天人来说是个全新的课题，一期工程要解决很多关键技术难点，比如轨道设计与飞行程序控制、远距离跟踪测量与地面操作控制的实现等。

当时，很多人希望能在绕月工程里多用新技术，但孙家栋持反对意见。他从多年的实践经验出发，认为一项系统工程并不是技术最先进、性能最优、功能最强就是最好，最重要的还是各系统间要协调和匹配，总体最优才是最好。

所以，孙家栋认为，最好的办法是将成熟技术与新技术交叉使用，最大限度地保证可靠性，才能保证工程目标的实现。

而且，因为我国探月工程起步比较晚，孙家栋提议，要优选探测目标，做一些别人没做过的事，既填补我国探月空白，也形成自己的特色。

在孙家栋的带领下，“嫦娥工程”有条不紊地推进着。

这个时候，即便已经年近八十岁，腰椎间盘突出厉害，需要拄着拐杖才能走路，孙家栋也仍然像年轻时那样，经常往西昌发射场跑。很多东西，他必须到现场看着，才能够安心、放心。

探月工程中，有许多问题对孙家栋来说都是新的难题。他经常为想问题，整天沉默寡言，陷入深思之中。

有一天半夜，老伴突然发现身边的孙家栋不见了，她忙起来去找，却发现孙家栋站在阳台上，呆呆看着外面。

这副样子让老伴有些慌了，她急忙问孙家栋怎么了。

孙家栋看了一眼天空，说："我在想怎么去月球呢！"

原来，孙家栋心里揣着一些关键的技术难题，晚上怎么也睡不着，刚好看到窗外有月亮，他就起来，一边观察着月亮是怎么移动的，一边想着探月工程的技术方案。

他就这样一直站在阳台上，老伴很不放心，一会儿给他披衣服，一会儿给他拿椅子。

转眼间，时间来到了二○○七年。

这年九月初，"嫦娥一号"卫星进入发射准备状态，孙家栋频繁地在北京、四川、山西之间来回奔波。

对于一位老人来说，这是一场体力和意志的消耗战，但对孙家栋来说，航天事业是他生命中最重要的部分，即便年纪大了，身体差了，他也能从这份事业中享受到生命的意义。

二〇〇七年十月二十四日，在全国人民的注视下，“嫦娥一号”探测卫星成功发射。

孙家栋顾不上休息，马上又投入后续任务的跟进中。他乘坐专用飞机从西昌赶回北京，几乎每天都待在北京航天飞行控制中心，凝望着卫星运行的数据图，一颗心时刻牵挂着那些跳动的曲线。

在孙家栋眼里，那一条条曲线代表着卫星不同的状态，往上抖或往下走，它们之间的一个小偏差，很可能关系到“嫦娥一号”奔月的成败。特别是卫星被月球成功捕获的一刹那，看到速度值出现一个拐点，孙家栋的心差点要跳出来。

还好，有惊无险，飞行了三百二十六小时的“嫦娥一号”，经过四次地球轨道加速、一次中途轨道修正、三次近月制动共八次变轨，在飞行了一百八十万公里后，成功进入环月工作轨道。

当第一张属于中国人的月球照片传到控制中心时，所有人都沸腾了。

这意味着“嫦娥一号”实现了“准时发射、准确入轨、精密测控、绕月出图”的要求，也意味着中国成为继美国、俄罗斯、欧盟和日本之后第五个进行月球探测的国家。

对中国人，对中国航天人，对孙家栋来说，这一刻都等了太久。

一万年太久，只争朝夕

长期从事卫星发射工作，每天要面对各种问题，一生更是在多次发射试验中遇到无数困难和险阻，孙家栋早就养成了稳如泰山的性格，他很少大喜，也很少大悲。

但在“嫦娥一号”卫星绕月成功的那一刻，孙家栋却在控制中心落泪了。

当时大家都沉浸在欢乐的海洋里，欢呼雀跃，只有孙家栋低头掏出手绢，一遍遍擦泪，这一幕刚好被一个摄影师拍到，呈现在全国亿万电视观众面前。

这个镜头当时感动了很多人。谁都能体会到，那是老人喜悦的泪水，是老人在艰苦拼搏后，流下

的激动的泪水。

对孙家栋来说，他落泪是为国家和民族自豪，也是为航天人自豪，更是为没有辜负国家和人民的期望而开心。

在随后的庆功会上，孙家栋再次受到党和国家领导人的接见和表彰。荣誉满身的他，已经记不清这是第几次受到表彰了。

二○○七年，是“嫦娥一号”发射升空的关键性一年，对孙家栋来说，也是最繁忙的一年。

一年内，他十次进入发射场，五次现场指导发射任务，参加了上百个航天会议。探月工程有太多的事要他去落实，在一个又一个城市之间飞来飞去对他来说是家常便饭。

老伴魏素萍曾经心疼地说：“他总是天天跑，穿皮鞋太累，我就给他买布鞋，每年光布鞋他能穿坏四五双。”

一位年近八十岁的老人，一年居然要穿破好几双布鞋！

而在为“嫦娥一号”发射忙碌的日子里，孙家栋还高瞻远瞩，组织人员编制探月工程第二期实施方案。单是从二〇〇七年三月二日到七月十三日，孙家栋就主持召开了八次“探月工程第二期实施方案编制专家组会议”。

中国的航天事业，正是依靠这种拼搏精神，才从无到有，成功地使中国步入世界航天大国的行列。

但孙家栋始终认为，自己就是个平凡的航天人，做的也是很简单的事：国家需要我到哪里，我就到哪里；交给我任务，我就把任务完成好。

二〇一〇年，孙家栋获得了国家最高科学技术奖。在获奖感言里，他发自内心地说：“心情非常激动，非常荣幸。自己感觉，航天事业是千人、万人大家共同劳动的结果，是社会主义集中力量办大事的优势下产生的，奖励是给予航天事业的肯定。自己做得有限，心情不安，只有感谢各方面对我的支持和培养，向共同战斗的同志们表示感谢。……航天的事情一丝一毫都马虎不得，每个人手中的事情看似不大，但集合起来就是事关成败、事关国家经济利益的大事情，不论是哪个航天人，他都会想尽一切办法把事情办好。如果要说我自己，那我也就是那千千万万航天大军中的一分子。”

在庆祝中国首次探月圆满成功的时候，有一位记者采访孙家栋。

记者问道：“孙总，假设我们实现了载人登月，航天员又可以把一件属于您自己的东西带到月球上作为永久纪念，您希望带什么上去？”

孙家栋说：“我是这样看的，假设将来真正实现了我们中国人登上月球的那一天，每一克都是非常宝贵的，我相信我不会带我自己的东西，肯定要根据我们国家整个事业的要求来带更重要的东西。你可以看一看我们的‘嫦娥一号’卫星，它本身的重量是2350公斤，里头装的推进剂就占到1200公斤。而要把这件飞行器送到月球，它的代价相当大。所以你可以想一想，载人登月每一克的价值是多少。我们绝对会精打细算，让每一克都用得非常有意义。你问我自己想带什么上去，这个我绝对不敢设想。”

记者又指着孙家栋面前的月球仪问道：“既然您说上月球的每一克重量都很宝贵，不能随便带，那您希望以自己的名字命名上面的某个地形吗？这总归不占分量了吧？”

孙家栋朴实地笑了：“不敢想，从来没想过。不过自从参与了探月工程，现在每天晚上抬头看月亮，那感觉和从前好像是有点不一样了。”

这些年，中国航天事业发展迅速，但孙家栋觉得还可以更快，就像毛主席诗词里说的，“一万年太久，只争朝夕”。他希望能尽自己最大的力量，推动中国航天事业持续发展。

在他的努力下，中国探月计划二期工程实施方案顺利获得国家批准。

二〇〇九年，孙家栋八十岁，这年三月一日十六时十三分，“嫦娥一号”卫星在地面控制下，顺利撞向月球预定地点。

这标志着我国月球探测一期工程画上了圆满的句号。

但对孙家栋来说，这不过是伟大的探月工程的另一个起点。

期待吧，北斗导航系统！

今天，我们在生活中经常会用到导航设备。

无论是车载的导航仪，还是我们手机里的导航地图，它们都依靠卫星来给我们定位，再为我们规划路线。

孙家栋说过，人造卫星的功能主要有三种：信息获取、信息传递、信息定位。其中，信息定位包括空间定位和时间定位，也就是几时几分，你在什么地方。

这种信息定位，就是卫星导航。卫星能为我们导航，是因为有一个卫星导航系统在工作。这个系统由导航卫星、地面控制中心和接收机三部分组成。

其中，导航卫星在天空中给我们传递信息，地面控制中心负责信息中转，而接收机呢，就是用来接收卫星信号的设备，它可能是导航仪，也可能是我们的手机，或者其他能接收卫星信号的仪器。

以前，我们使用卫星导航时，要依靠国外的导航卫星来提供卫星信号，最常用的就是美国的全球定位系统，英文缩写为GPS。

二〇一二年，随着我国“北斗二号”第十六颗导航应用卫星的发射成功，我国的北斗卫星导航系统亚太组网成功了。

说到北斗卫星导航系统，不得不又说到孙家栋。这是因为孙家栋是我国北斗卫星导航系统第一代和第二代工程总设计师，他推动了我国北斗卫星导航系统的组网和应用。

早在二十世纪九十年代，孙家栋就深刻意识到，拥有自己的卫星导航定位系统，对于保障我国主权和军队来说非常重要，还能给民间应用市场带来巨大的经济价值。

因此，孙家栋联合专家，一起向中央军委、总装备部写信。他在信里说：卫星导航定位系统是国家重要的战略设施，是现代化、信息化的基本保障，我国必须有自主权，依靠外国、依靠金钱是买不回来的。他强烈建议发展我国自己的卫星导航系统。

孙家栋这话怎么理解？

很简单，当时人类正在进入信息化阶段，很多尖端武器，像导弹之类，都要依靠卫星定位，才能精确击中目标。如果我们使用别国的卫星来导航，一旦发生敌对情况，别国掐断我们的卫星导航信号，那我们的尖端武器就变成“瞎子”了，导弹也没办法飞出去，只能在弹仓里待着。

如果我们有自己的导航卫星，不管是和平年代，还是战争年代，都不用担心被人掐住脖子。别国掐不断我们的卫星导航信号，自然也就不敢随便来欺负我们了。

孙家栋这个提议在当时引起了强烈反响，后来推动了北斗卫星导航工程的发展。

一九九四年十二月，孙家栋被任命为北斗导航试验卫星工程的总设计师，开始启动系统的研制和建设。

到了二〇〇〇年，这项工程开始转入应用实施阶段。四年后，孙家栋被正式任命为北斗第二代导航卫星工程总设计师。

今天，全球卫星导航系统已成为经济社会中的基础设施，给人类生活带来很大便利，极大地促进了经济的发展。我国建设北斗卫星导航系统，就是要向全国乃至全球免费发送信号，提供免费服务，给人们带来方便，促进社会进步。

我国的北斗卫星导航系统由空间段、地面终端、用户段三部分组成。其中，空间段由若干地球静止轨道卫星、倾斜地球同步轨道卫星和中圆地球轨道卫星三种轨道卫星组成混合导航星座。

这是个规模宏大的工程，为了完成它，孙家栋充分发挥他的大局观，制定全盘方案，并为运载火箭、卫星、发射场、测控通信、地面应用五大系统提供技术难关协调、测试疑点分析协调、研制进度协调、技术状态协调、技术变更协调……以最优化的方式，推动各系统的大力协同发展。

二〇〇七年四月十四日，我国正式发射第一颗北斗二代卫星，北斗卫星导航系统建设也因此走上了快车道。

二〇〇九年，我国发射了第二颗北斗导航卫星；二〇一〇年，我国一口气发射了五颗北斗导航卫星；二〇一一年发射了三颗；二〇一二年又发射了六颗。

这样，在短短几年时间里，我国以世界罕有的速度，把预设的十六颗北斗卫星都成功发射。

这十六颗卫星组成一个区域网络，它将提升我国在国际导航领域的竞争力，能更好地服务我国乃至世界各国人民。

而北斗卫星导航系统的建设，也让我国突破了一箭双星发射、多星组网、高精度星载原子钟、卫星抗空间辐射加固等关键技术，进一步提升了航天技术水平。

我国北斗卫星导航系统发展这么快，孙家栋在其中发挥了巨大的作用。别的不说，单是卫星发射，他就在西昌发射场指挥了十四次北斗卫星发射，每次都要和发射人员共同奋斗，一起解决问题。

在这个过程中，孙家栋经历了许多不为人知的艰辛。几乎可以说，北斗卫星每一次成功发射背后，都有孙家栋无私的付出。

二〇〇七年二月三日，我国在西昌发射第四颗北斗导航试验卫星。

卫星升空后，一切都很顺利，卫星正常入轨。

但孙家栋一口气刚松不久，西安测控中心就传来不好的消息：卫星进入预定轨道后，太阳能帆板没有指向太阳，系统掉电，卫星在太空中失去了消息。

孙家栋得知这个情况后，顿时紧张起来。这可是个大问题，因为卫星如果没有电能，就会在零下一百多摄氏度的太空环境中冻坏。

孙家栋立刻召集技术人员，进行地面模拟试验，寻找抢救的办法。

经过模拟，技术人员认为，大约十天后，巡航在太空的卫星那已经展开的太阳能帆板，会吸收一定的太阳能量。有这一点儿能量，卫星就有可能向地面发送遥测数据。到时候，就可以根据这些遥测数据，来确定卫星在轨道的状态，制定抢救方案。

孙家栋让各大测控平台紧盯着卫星的遥测信号。

十多天后，奇迹真的发生了，地面收到了卫星的遥测数据！

这个时候，正好是除夕。

孙家栋顾不上回家过年，他带着团队，根据卫星的遥测数据，迅速制定出抢救方案。

航天科研人员、测控中心科技人员、测控站专业人员在孙家栋领导下，严密监测卫星数据，及时进行模拟验证、状态复查。

经过测算后，发现卫星每天都在下降。

孙家栋听了，果断决定提前让卫星的发动机点火，用来变轨。

卫星收到点火指令后，准确地变轨，进入新的轨道。

这场战役足足打了两个月。孙家栋全力督战，航天科研人员和测控中心技术人员，克服了好几个技术难关，最终把第四颗北斗导航试验卫星的故障全部排除，使仪器全部恢复正常，卫星重新回到测控中心的掌控之中。

紧绷了两个月，已经疲惫不堪的孙家栋，终于露出了久违的笑容。

这场地对空的大抢救，所历经的时间是那么长，而最终成绩是如此出色，称得上是中国航天史上又一次奇迹。

在担任北斗导航卫星工程总设计师的十八年里，孙家栋长期废寝忘食地工作，经常处于紧张的工作状态中，他的身体健康受到不小的影响，腰肌劳损经常让他走路都困难，大脑供血不足常常让他感到头晕，甚至晕倒，皮肤瘙痒症让他经常吃不好睡不好……

正是有孙家栋兢兢业业的工作，我国的北斗卫星导航系统才能逐渐成为成熟的卫星导航系统。

我国北斗卫星导航系统全面建成后，将成为世界一流的卫星导航系统，改善中国乃至世界用户的生活。

让我们期待吧！

我们要感谢航天人

二〇一九年一月三日，荒芜了亿万年的月球背面，迎来了一艘来自中国的月球探测器，它在月面上释放出了着陆器。这艘月球探测器就是“嫦娥四号”，而这台着陆器所搭载的月球车，叫作“玉兔二号”。它们的名字里，倾注着几千年来中国人登上月球的愿望。

而在五十年前，却不是这样的情景。

一九六九年七月二十日，美国“阿波罗 11 号”登月飞船抵达月球轨道时，美国休斯敦航天控制中心幽默地建议宇航员们要留意观察窗外，“看能否看到那位名叫‘嫦娥’的美丽中国女性”。

飞船里的美国宇航员奥尔德林幽默地回答：

“我会去找找那个抱着兔子的美丽女性。”

后来，他就和阿姆斯特朗在月球表面留下了载人航天器的第一个“机械足迹”。

那时候的中国人也想飞天，也想去月宫找嫦娥，但我们的国力不允许。我们只能日夜期盼着，中国人什么时候也能登上月球，或者先发射一颗卫星也好。

而在这样的期盼中，正有一群航天人默默地埋头做事，他们用自己的脊梁，慢慢地撑起中国的航天事业。他们是航天人，也是造星人。

孙家栋就是其中杰出的一位。

我们在讲孙家栋的故事，也是在讲无数航天人的故事，更是在讲中国航天发展史。

二〇〇六年，孙家栋在接受采访时强调：“几十年的历史实践已经让我们深刻认识到，最先进的武器是买不来的，军工核心技术是买不来的，航天尖端产品是买不来的……”

所以，孙家栋才会怀着强烈的使命感，把所有心血都倾注到我国的航天事业中；才会用大力协同的思维，去团结所有航天人；才会勇于承担责任，勇往直前，开拓进取。

所以，发誓要造一辈子“中国星”的孙家栋才会说：“中国航天事业对我们民族而言太重要了，在航天这个团队里，自己愿意有多少力尽多少力，决不保留。”

从孙家栋的言行举止，我们可以清楚地感受到，中国航天人是如何满怀壮志为国争光，如何自强不息、顽强拼搏、团结协作、开拓创新的，也更能体会“特别能吃苦、特别能战斗、特别能攻关、特别能奉献”的载人航天精神。

正是有无数像孙家栋这样乐于奉献的航天人，我们国家的航天技术才能突飞猛进，我国才能成为当今世界上最主要的航天大国之一。

如今，“嫦娥四号”拍摄到的清晰月背照片，再次让世界看到了我国航天技术的最新进步。但月球并不是我国太空探测的终点，我国太空探测的视野里还包括更遥远的目标，如二〇二〇年发射火星探测器，二〇二九年对木星进行探测。

当然，卫星上天、奔月，这些都是具有象征意义的，证明我国综合实力、影响力有很大提升，证明我们有能力到月球、火星去看看。

航天事业的发展，最大的受益者还是像我们这样的普通人，从天气预报到出行导航，从野外探测到灾难营救，从打电话到看电视……我们的生活有多便利，就说明航天事业对我们的生活有多重要。

所以，我们每个人都要感谢像孙家栋这样的航天人，感谢他们为我们做出的贡献。当然，如果你读了孙家栋的故事，从此爱上航天，立志成为一个航天人，那就再好不过了。